【增訂新版】

不可兒戲

THE IMPORTANCE *of* BEING EARNEST

OSCAR WILDE 王爾德 著　　余光中 譯

反常合道之為道

——《王爾德喜劇全集》總序

王爾德匆匆四十六年的一生，盛極而衰，方登事業的顛峰，忽墮惡運的谷底，令人震驚而感歎。他去世迄今已逾百年，但生前天花亂墜的妙言警句，我們仍然引用不絕，久而難忘。我始終不能決定他是否偉大的作家，可否與莎士比亞、狄更斯、巴爾扎克、托爾斯泰相提並論，但可以肯定，像他這樣的錦心繡口，出人意外，也實在百年罕見。

一八五四年，奧斯卡．王爾德生於都柏林，父親威廉是名醫，母親艾吉簡（Jane Francisca Elgee）是詩人，一生鼓吹愛爾蘭獨立。他畢業於都柏林三聖學院後，又進入牛津大學的馬德琳學院，表現出眾，不但獲得紐迪蓋特詩獎，還受頒古典文學一等榮譽。前輩名家如羅斯金與佩特都對他頗有啟發。

王爾德尚未有專著出版，便以特立獨行成為唯美派的健將，不但穿著天鵝絨外套，襯以紅背心，下面則是及膝短褲，而且常佩向日葵或孔雀羽，吸金嘴紙煙，戴綠背甲蟲的指環，施施然招搖過市。他對牛津的同學誇說，無論如何，他一定要成名，沒有美名，也要罵名。他更聲稱：「成名之道，端在過火。」（Nothing succeeds as excess.）

一個人喜歡語驚四座，還得才思敏捷才行。吹牛，往往淪為低級趣味。誇張而有文采，就是藝術了。王爾德曾說，他一生最長的羅曼史就是自戀。這句話的道理勝過佛洛依德整本書。我們聽了，只覺得他坦白得真有勇氣，天真得真是可愛，卻難以斷定，他究竟是在自負還是自嘲。他最有名的一句自誇，是出於訪美要過海關，關員問他攜有何物需要申報。他答以「什麼都沒有，除了天才。」這件事我不大相信。王爾德再自負，也不致如此輕狂吧？天才者，智慧財產也，竟要報關，豈不淪為行李，太物化了吧。換了我是關員，就忍不住會敬他一句：「那也不值多少，免了吧！」

王爾德以後，敢講這種大話的人，除了四披頭的領隊藍能（John Lennon），恐怕沒有第三人了。從一八九二年到一八九五年，王爾德的四部喜劇先後在倫敦上演，都很成功，一時之間，上自攝政王下至一般觀眾，都成了他的粉絲。倫敦的計程車司機都會口傳他的名言妙語。不幸這時，他和貴家少年道格拉斯之間的同性戀情不知收斂，竟然引起緋聞，氣得道格拉斯的父親昆司布瑞侯爵當眾稱王爾德為「雞姦佬」。王爾德盛怒之餘，逕向法院控告侯爵，又自恃辯才無礙，竟不僱請律師，親自上庭慷慨陳辭。但是在自辯過程中他卻不慎落進對方的陷阱，露出自己敗德的真相。同時他和道格拉斯之間的情書也落在市井無賴的手中，並據以敲詐贖金。王爾德不以為意，付了些許，並未清斷。於是案情逆轉，他反而變成被告，被判同性戀有罪，入獄苦役兩年。喜劇大師自己的悲劇從此開始，知音與粉絲都棄他而去，他從聚光燈的焦點落入醜聞的地獄。他的家人，妻子和兩個男孩，不得不改姓氏以避羞辱。他也不得不改姓名，遁世於巴黎。高蹈倜儻的唯美大師，成了同性戀者的首席烈士。

十九世紀的後半期，王爾德是一位全才的文學家，在一切文類中都各有貢獻。首先，他是詩人，早年的作品上承浪漫主義的餘波，並不怎麼傑出，但是後期的《列丁獄中吟》（*The Ballad of Reading Gaol*），有自己坐牢的經驗為印證，就踏實而深刻得多，所以常入選集。詩中所詠的死囚，原為皇家騎兵，後因妒忌殺妻而伏誅。

在童話方面，王爾德所著《快樂王子》與《石榴屋》，享譽迄今不衰。

小說方面，他的《朵連・格瑞之畫像》（*The Picture of Dorian Gray*）描寫一位少年，生活荒唐卻長保青春，而其畫像卻日漸衰老，最後他殺了為他畫像的畫家，並刺穿畫像。結果世人發現他自刺身亡，面部蒼老不堪；畫像經過修整，卻恢復青春美儀。此書確為虛實交錯之象徵傑作，中譯版本不少。

戲劇方面，在多種喜劇之外，王爾德另有一齣悲劇《莎樂美》（*Salomé*），用法文寫成，並特請法國名伶伯恩哈特（Sara Bernhardt）去倫敦排練，卻因劇情涉及聖徒而遭禁。所以此劇只能在巴黎上演；而在倫敦，只能等到王爾德身後。劇情是希蘿迪亞絲棄前夫而改嫁猶太的希律王，先知施洗約翰反對所為，被囚處死。希蘿迪亞絲和前夫所生女兒莎樂美，在希律王生日慶典上獻演七重面紗之舞，並要求以銀盤盛先知斷頭，且就吻死者之唇。這真是集死亡與情欲之驚悚悲劇，正投合王爾德的病態美學：「成名之道，端在過火。」

最後談到王爾德這四部喜劇。最早譯出的是《不可兒戲》，在香港。其他三部則是在高雄定居後譯出的。每一部喜劇的譯本都有我的自序，甚至後記，不用我在此再加贅述。在這篇總序裏我只擬歸納出這四部喜劇共有的特色。

首先，這些喜劇嘲諷的對象，都是英國的貴族，所謂「上流社會」。到了十九世紀後半期，英國已經擴充成了大英帝國，上流社會坐享其成，一切勞動全賴所謂「下層社會」，卻以門第自豪，看不起受薪階級。這些貴族大都閒得要命，只有每年五月，在所謂社交季節，才似乎忙了起來，也不過忙於交際，主要是擇偶，或是尋找女婿、媳婦，或是借機敲詐，或是攀附權勢，其間手腕犬牙交錯，令人眼花。

其次，這些喜劇在布局上都是傳統技巧所謂的「善構劇」，劇情的進展要靠多次的巧合來牽引，而角色的安排要靠正派與反派、主角與閒角來對照互證。每部喜劇的氣氛與節奏，又要依附在一個秘密四週，那秘密常是多年的隱私甚至醜聞。秘密未洩，只算敗德，一旦揭開，就成醜聞。將洩未洩，欲蓋彌彰之際，氣氛最為緊張。關鍵全在這致命的秘密應該瞞誰，能瞞多久，而一旦揭曉，應該真相大白，和盤托出，還是半洩半瞞，都要靠高明的技巧。王爾德總是掌控有度，甚至接近落幕時還能翻空出奇，高潮迭起。

紙包不住火，火苗常由一個外客引起：《溫夫人的扇子》由歐琳太太闖入；《不要緊的女人》由美國女孩海斯特發難，也可說是由私生子傑若帶來；《理想丈夫》則由「撈女」敲詐而生波；《不可兒戲》略有變化，是因兩位翩翩貴公子城鄉互動，冒名求婚而虛實相生。如果沒有這些花架支撐，不但劇情難展，而且，更重要的，王爾德無中生有、正話反說的雋言妙語，怎能分配到各別角色的口中成為台詞？

這就講到這些喜劇的最大特色了。唇槍舌劍，怪問迅答，天女散花，絕無冷場，對話，才是王爾德的看家本領，能夠此起彼落，引爆笑聲。他在各種文類之間左右逢源，固然多才多藝，而在戲台對話的文字趣剋（verbal tricks）上也變化多端，層出不窮。從他的魔帽裏他什麼東西都變得出來：雙關、雙聲、對仗、用典、誇張、反諷、翻案，和頻頻出現的矛盾語法（或稱反常合道），令人應接不暇。他變的戲法，有時無中生有，有時令人撲一個空，總之先是一驚，繼而一笑，終於哄堂。值得注意的是：驚人之語多出自反派角色之口，但正派角色的談吐，四平八穩，反而無趣。

王爾德的錦心繡口，微言大義，歷一百多年猶能令他的廣大讀者與觀眾驚喜甚至深思。阿根廷名作家博而好思（Jorge Luis Borges）在〈論王爾德〉一文中就引過他的逆轉妙語：「那張英國臉，只要一見後，就再也記不起來。」博而好思論文，眼光獨到，罕見溢美。他把王爾德歸入約翰生（Samuel

Johnson）、伏爾泰一等的理趣大師，倒正合吾意，因為我一向覺得王爾德「理勝於情」。博而好思又指出，這位唯美大師寫的英文非但不雕琢堆砌，反而清暢單純，絕少複雜冗贅的長句，而且用字精準，近於福樓拜的「一字不易」（le mot juste）。這也是我樂於翻譯王爾德喜劇的一大原因。

余光中

二〇一三年九月於西子灣

目錄

一跤絆到邏輯外

——談王爾德的《不可兒戲》

一

「好心的美國人死後，都去了巴黎」，王爾德的妙語裏這麼說過。在他的劇本裏，傑克要解決他虛構的弟弟任真，也非常方便地偽稱他因為中風死在巴黎；後來改了主意，又把死因說成重傷，而非中風。可是最後真死於巴黎的，卻是王爾德自己，死因是腦膜炎，死前隱名埋姓，景況蕭條。

紀德追憶他做文藝青年的時候，曾聽王爾德大言自剖道：「你想知道我一生的這齣大戲嗎？那就是，我過日子是憑天才，而寫文章只是憑本事。」王爾德當時沒有想到，他利用天才自編自導的一生，在最得意的高潮會突然失去控制，不到三個月便身敗名裂，幽禁囹圄，不到六年便潦倒以終。《不可兒戲》(The Importance of Being Earnest) 裏的狡黠少女西西麗對家庭教師勞小姐說：「我不喜歡小說好下場，看了令我太頹喪了。」勞小姐說：「好人好下場，壞人壞下場，這就是小說的意義。」西西麗說：「就算是吧。不過似乎太不公平了。」在今日的倫敦，王爾德這種人大概已不能算「壞人」了。吾友陳之藩就慨乎言之：「沒有一個天才不是同性戀！」這句話本身就有幾分王爾德的味道。壞人壞下場，似乎不公平。反過來說，不能算壞人而竟有壞下場，照王爾德的矛盾語法，是否就應該慶祝，卻遲了八十年，來不及問他了。

二

王爾德對紀德說那句大話，是在一八九五年。那時他正四十一歲。也就在那一年，他同時飽嘗成名之甘與鐵窗之苦。照他的藝術觀說來，成敗如此鮮明，又如此接近，也可以說是修辭上對比（antithesis）的一大勝利了。

《不可兒戲》在倫敦聖傑姆斯劇場的首演，是選在二月十四日，西方的情人節，一名聖范倫丁日（Saint Valentine's Day）。首演選在這一天，頗合劇情，因為這是有情人終成美眷的熱鬧喜劇，而劇中人西西麗的暗自心許正是二月十四。那天天氣很冷，滿街都是雪泥，倫敦的市民擁在街上，看緊裹貂皮大衣的名媛淑女匆匆進入劇院。青年觀眾則學王爾德，都在襟上佩著鈴蘭。劇院裏面卻溫暖如春，漾著香水的氣息。看得出這齣戲今晚會一鳴驚人，可是知道內情的人，在興奮期待的心情之中又不免暗暗擔憂。因為昆司布瑞侯爵，王爾德「膩友」德格拉斯的父親，也訂了座。雖然演出人喬治・亞歷山大及時發現而將訂座取消，這位憤怒的父親仍然趕來攪局，手裏捧了一紮紅蘿蔔和白蘿蔔拼成的「不雅花束」(phallic bouquet)，準備在劇作家出場時用來打靶。院方不讓他進去，並在每一道門口布下警察。好出風頭的王爾德這次也破例，躲在後臺，始終沒有露面。

一夕有驚無險，《不可兒戲》的首演轟動倫敦，從觀眾到報紙，一片好評。以往對他的劇本毀譽不齊的劇評家，這次也在滿意的笑聲中一致讚揚。《紐約時報》的評論家費甫(Hamilton Fyfe)說道：「可以說王爾德終於一展絕招，把他的敵人全踩在腳底了……這劇本局格小巧，全無目的，就像一只紙做的氣球，可是卻滑稽得不同凡響，大家都認定它會無限期地一直演下去。」

這是二月中旬的事。那年一月，王爾德已經因為《理想丈夫》的上演大出風頭，連小說家威爾斯也為文稱美。等到《不可兒戲》也推出後，王爾德便有兩齣戲同時在倫敦上演，而且都很叫座。這種風光，有哪位劇作家不引以自豪?王爾德也真是飄飄然了。可是三個月後，他官司敗訴，告人不成，反被人告，法院判他同性戀罪有應得，入獄苦役兩年。

三

從謝利丹的《造謠學校》到王爾德和蕭伯納在十九世紀最後幾年才出版的喜劇，散文喜劇在英國的文壇沉寂了不止一個世紀。十九世紀的英國文壇，無論詩、散文、小說，都有驕人的成就，唯獨在戲劇一方面欲振乏力。大詩人如華茲華斯、柯立基、拜倫、雪萊、濟慈、丁尼生、白朗寧、安諾德、史雲朋，或擬希臘古典，或步莎髯後塵，沒有一個沒寫過詩劇。但是說來奇怪，這些「書齋劇」儘管雄詞麗句砌成了七寶樓臺，但是唸起來卻感到沉悶，而演起來呢也顯得彆扭，沒有一齣能久立於戲碼。大概天降文才，除了莎士比亞一流的少數例外，罕見一枝妙筆能兼詩才與劇才之長。王爾德就是一個例子。他才思閃電，妙想奔泉，一片錦心無論付予巧腕或是宣之繡口，莫不天衣無縫，令人驚歎。他雄心勃勃，一身而兼詩人、小說家、戲劇家之名，但是依文學史的定評，他的傳後傑作在戲劇和小說，至於他的詩，則除《列丁監獄之歌》外，多半追隨浪漫派與前拉菲爾派的餘風，只能算是二流。他的小說《朵連‧格瑞的畫像》設想之奇可比愛倫坡，不幸只此一部，乃似錢鍾書的《圍城》，獨一無二得可貴又可惜。

餘下來的鎮艙之寶，就是他的五部戲劇了（註）。這五部作品依次是《莎樂美》、《溫夫人的扇子》、《不要緊的女人》、《理想丈夫》、《不可兒戲》；其中只有《莎樂美》是悲劇，餘皆喜劇。《莎樂美》是用法文寫成。後來由作者的那位男友德格拉斯譯成英文。在中國，名氣最響的一部是《溫夫人的扇子》，那是因為早在一九二五年，洪深就把它改譯並導演，而且換了一個中國味的劇名：《少奶奶的扇子》。洪深在《中國新文學大系》戲劇集的導言裏，自述《少奶奶的扇子》演出後，頗得好評，只有田漢去信指摘。但是僅在四年之前（一九二一年），英國另一現代戲劇大師蕭伯納的社會問題劇《華倫夫人之職業》，由汪仲賢譯述並促成上演，卻一敗塗地，「演未及半，已有幾個看客在臺下紛擾起來，甚至有些要想退票還錢！」究其原因，是蕭劇在中國首演，距五四運動只有兩年，一切條件均未成熟，加以蕭大鬍子筆下的人物個個雄辯滔滔，議論冗長，「區區六個人，在臺上平平淡淡說四個鐘頭的話」。而到了《少奶奶的扇子》，話劇運動已稍開展，各方面的條件都有進步，況且王爾德的作品結構單純，情節緊湊，正是宋春舫所謂的「善構劇」（the well-made play），宜於雅俗共賞。

王爾德和蕭伯納是重振英國劇場，尤其是散文喜劇的一對功臣。我們覺得蕭伯納比較「現代」，不但因為他的戲劇較重社會批評與思想探索，也因為他的壽命長出王爾德一倍有餘，多經歷了兩次大戰。其實王爾德雖然掌了唯美運動的鈴蘭花旗，他的喜劇裏也不是毫無社會諷刺，而比起老蕭來，也只大兩歲而已。最令人注目的，是兩人都為愛爾蘭人，且都生在都柏林。其實英國的喜劇作家多為愛爾蘭人，尤其是都柏林人，即或不生在該城，往往也在該城讀書。十八世紀的康格利夫、法克爾、哥德斯密，和稍晚的謝利丹，莫不如此。如果不限於喜劇，則王爾德以後的劇作家，還包括辛・歐凱西、葉慈、貝凱特。

愛爾蘭人以機敏善言見稱，英國的諷刺大家史威夫特生在都柏林，不為無因。批評家傅瑞澤（G. S. Fraser）就說：「大致說來，愛爾蘭人對於辭令之為社交藝術頗具本能，所以言談活潑，俏皮，流暢，又善於修辭：凡此皆為英國人所不及。」一般說來，英國人比較古板，甚或近於魯鈍（stolid），而尤以維多利亞時代的上流社會為然。李耳（Edward Lear）、卡洛爾（Lewis Carroll）、吉爾伯特（W.S.Gilbert）等怪才的諧詩，所以出現在十九世紀的後葉，恐怕也是對當時道學氣氛的一個反動。然則由一位愛爾蘭的才子去倫敦的風雅場中奇裝異服，詭辯怪論，警世駭俗一番，也可說是應運而生。只是不幸這才子得意忘形，得寸進尺，超過了英國社會能接受的分寸，駭俗變成了敗俗，連累唯美運動也功敗垂成。

不過這位落拓才子的幾部喜劇，卻承先啓後，開闢了現代戲劇的天地。在

「諷世喜劇」（comedy of manners）的傳統上，他繼承了康格利夫和謝利丹，並且啓導了毛姆和考爾德（Noel Coward）等無數後人。可惜學他的人都罕能企及他在構思遣詞、怪問妙答上那種舉重若輕的功力。

四

中文讀者裏面，不少人知道王爾德是《少奶奶的扇子》的作者，也有人看過他的《朵連・格瑞的畫像》。可是他死後八十多年，論者幾乎一致推崇《不可兒戲》為他的代表傑作，或稱之為無瑕的喜劇，或譽之為無陷的笑劇（farce）。這部戲的情節和骨架，和十九世紀許多笑劇相近。溯其淵源，則同胞兄弟小時分散到快要結婚時又重逢的故事，早在泰倫斯和普洛特斯的羅馬喜劇裏已經有了。這種情節，莎士比亞在《錯中錯》和《第十二夜》裏也利用過。至於一位男子為了追求情人而假冒別人，因而鬧出笑話，就在英國也舉得出法克爾的《好逑計》、哥德斯密的《屈身求愛》和謝利丹的《情敵》等前例。

至於劇情的處理，則是採用所謂「善構劇」的手法，務求結構單純而多重複，發展緊湊，高潮迭起，危機四伏，誤會叢生，而如果人物的變化或情節的演進不夠機動，就乞援於再三的巧合，總之要一氣呵成，必使觀眾應接不暇，直到劇終才群疑盡釋，百結齊解。這些原是劇場的老套，如果作家技盡於此，就難掩機械化浮濫淺俗的毛病。例如在《不可兒戲》之中，兩位俏黠惑人的少女怎麼會同時立意一定要嫁給名叫任真的少年；勞小姐怎麼會粗心得誤置嬰孩和手稿；失嬰怎麼偏會給一位善心的富翁揀到；而最後，失散多年的兄弟怎麼偏就會在兩不知情之下成為好友；凡此種種，當然都經不起理性的分析。

這種巧合如果讓小說的讀者邊讀邊想，也許難以過關；但是對於臺下集體的觀眾，只要能夠聯串情節，帶動對話，根本無暇細究，反而覺得誤打誤撞，絕處逢生，熱鬧得十分有趣。千百人坐在劇院的陰影裏，凝神觀照燈光如幻的劇臺，最容易如柯立基所說「剎那之間欣然排除難以置信的心理」。劇中少女關多琳說得最好：「我對這件事疑問可多了，不過我有意把它掃開。目前不是賣弄德國懷疑論的時候。」千百人坐在臺下，期待的心情互相感染，什麼奇蹟都願意相信。在《不可兒戲》首演前夕，王爾德接受洛思的訪問。以下是訪問記的一段：

問：你認為批評家會懂大作嗎？

答：但願他們不會。

問：這是什麼樣的戲呢？

答：這齣戲瑣碎得十分精緻，像一個空想的水泡那麼嬌嫩，也有它自己的一套道理。

問：一套道理？

答：那就是，我們處理生活的一切瑣事應該認真，而處理生活的一切正事，應該帶著誠懇而仔細的瑣碎作風……第一幕很巧，第二幕很美，第三幕呢妙不可耐。

說穿了，這劇本根本沒有什麼主題或什麼哲學，也不存心要反映什麼社會現象。為了語妙天下，語驚臺下，他不惜扭曲常理，顛倒價值，至少在短短三小時內，把觀眾從常理和定規的統治下解脫出來，讓他們在空中飄遊一晚。巧合嗎？那原是藝術的特權呀。王爾德原就認定：不是藝術模仿人生，而是人生模仿藝術。劇中人物原就半真半幻，尤其是那些女人，在陽光之下絕不可能那麼反話胡說，而又胡說得那麼美妙，令人驚喜。才發現每一次驚是虛驚，喜是真喜。觀眾明知其假，卻正在興頭上，寧信其真。

有一次，一貴婦觀賞英國風景大師泰納的作品，提出異議，說他畫中的落日她從未見過。泰納答道：難道我們不願意落日像那樣嗎？李賀說過：「筆補造化天無功」。王爾德和泰納，也是這個意思。

五

王爾德的喜劇當然也不純然無中生有，以幻作真。筆補造化，至少還有個造化在那裏，待人去補。一般人惑於唯美之名，乃幻覺王爾德的象牙塔與社會絕緣。其實劇場反映社會——至少是表現人性——最為真切，否則不可能叫幾百人坐在臺下聽幾個人在臺上說幾小時的空話。凡人莫不對自己最感興趣，也最了解。如果臺上表現的人性，諸如自私、虛偽、虛榮等，能與臺下人的經驗相證相通，自然就能使他心動。

王爾德在劇場裏也反映社會，至少反映當日的上流社會。但是他無意寫社會問題，更無意做寫實主義作家。他天生愛諷刺人世，又特具繡口與妙筆，無論甚麼冷嘲熱諷，都要說得乾淨俐落，天衣無縫，令人不能忘記，也就是說，要做得漂亮，要美。所以他不會成為尖酸刻毒的諷刺家或咬牙切齒的宣傳家。他的嘲弄和取笑是多向的，幾乎可以說是不分青紅皂白，只要有機會譏彈調侃，絕對不甘放過。他的機鋒像一隻又快又準的保齡球，飛滾過處，九只木瓶無一倖免。劇中人物有男有女，有老有少，有主有僕，有拘謹有輕狂，王爾德乘機隨緣，借了他們不同的身份和口吻，不但彼此戲謔，互相捉弄，而且天下之大，從抽象的觀念到具體的人物和地區，只要語鋒所及，無不輕攏慢撚，抹了又挑，真是一弦未息他弦又響，令讀者應接不暇，要是觀眾呢，就更忙了。

情人和夫妻，親戚和兄弟，醫生和病人，男人和女子，上流社會和下層階級，聰明人和笨蛋，老小姐和閒牧師，德文課和法國歌，鄉下之近和澳洲之遠，現代的教育、文學和文化，王爾德全部不肯放過。他並不刻意要攻擊哪一階層、哪一國度、或哪一類人。他只是為戲謔而戲謔，正如為藝術而藝術一樣，所以笑罷恩愛夫妻，回轉頭去笑離婚的人和外遇的人。如果說他一再調侃法國的放浪和古板，則對於英國本身他也不客氣。這種反方向換角度的左嘲右弄，當然不能建立起甚麼哲學體系或政治立場，可是比起單向單元的諷刺來，往往可免於偏見與教條，有時似乎還健康一些。王爾德取笑的對象不一而足；如果一定要指明，那也只是虛偽、矛盾、自私等人性的基本弱點，不是特定的階級或政黨。他取笑這些弱點，往往只在搖舌掀唇之間見機而作，點到即止，從不血肉橫飛。

口沒遮攔的巴夫人，幾乎每次出口都傷人。凡她過處，丈夫、女友、晚輩、將軍、女僕、言情小說、法國文化，甚至無辜的陌生人（傑克的房客布夫人），全都遭殃。可是不用擔心，她只是童話裏的妖怪，並不會真到街頭來吃人。而實際上，她雖然口頭不饒人，卻也並未害人。適得其反，在王爾德的筆下，她自己也原形畢露，讓我們看出她欺瞞丈夫、壓制女兒，在談判女兒和外甥的婚事上，顯得霸道而又貪婪。她這麼自暴其短而不自知，使我們別有會心而笑得開心，也就不覺得她有多可怕。其實誰家的姨媽能把強詞奪理隨口就說成絕妙好詞呢？她對孤兒傑克說：

失去了父親或母親，華先生，還可以說是不幸；雙親都失去了就未免太大意了。

這當然是強詞奪理，因為雙親都失去，原應加倍感到不幸，豈料虛招實接，沉重的不幸忽然變成了輕飄飄的大意——虛驚一場，觀眾才發現自己受了騙，怎會不笑？「失去」一語雙關，既意「死去」，又意「遺失」，急轉直下的蒙太奇手法，把兩種意思疊接在一起。使觀眾發笑的原因頗多，其一便是如上所述，用一句理不直而氣反壯的妙語，把驚疑未定的觀眾一跤絆跌到邏輯的界外。在另一個場合，這位評古論今的巴夫人又說：

什麼樣的辯論我都不喜歡。辯來辯去，總令我覺得很俗氣，又往往覺得有道理。

這句話的妙處，也是勢如破竹的推理忽然在半途變卦，又把我們捉弄了。這種空中轉向的邏輯，完全打破了拋物線的常規，每令我們接一個空，正是讀王爾德劇本常有的驚喜。

本劇的人物妙處很多，尤以那兩位不可捉摸的少女為然，但在此地不及逐一縷析了。總之《不可兒戲》的世界半真半幻，正是夢與現實的交界地帶。劇中人物滿口妄論，一意孤行，都不受道德和邏輯的約束，放蕩得可笑又可愛。不管男女老少，個個都靈牙利齒，對答如流，把妙語如球拋來傳去，從不失手落地。即連僕人老林，舌鋒也有可觀之處。其實在這種肥皂彩泡吹成的浪漫劇裏，情節只是藉口，故事無非引線，真正的靈魂在對話。

六

王爾德驅遣文字的天才有目共睹，但是他驅遣文字的目的，主要在表達意念（idea），而不在感情和感性。所以他筆下最出色的文字，不是詩句，而是對話。《不可兒戲》首演之夜，所有的批評家都笑得很盡興，獨有一人的笑聲有點保留。那便是蕭伯納。事後蕭在《星期六評論》上這麼說：「我看了當然也開心，可是除非一齣喜劇在令我開心外還令我動心，我就會有一夕虛度之感。我到戲院裏去，是等人家把我感得發笑，而不是把我搔得發笑或趕得發笑。」後來他又說此劇「無情」（heartless）。

就浪漫喜劇而言，蕭伯納的評語未免稍苛。我想他和王爾德既是同鄉，又是擅寫喜劇的同行，不免有些妒忌吧。當然，鼓吹社會主義的蕭伯納寫劇本是有感而發，不像王爾德是無心之戲。不過綜觀王爾德一生的作品，我倒也覺得此語不差，認為王爾德有才無情，至少是才高於情。我看王爾德的作品，總是逸興遄飛，但看後的心情，是佩服多於感動。王爾德之長，在趣而不在情。唯其有才，所以有趣。這種善發理趣、意趣、奇趣的高才，用在喜劇的對話上，當然令人拍案叫絕。

王爾德的對話往往一語道破，成為警句。令人佩服的，正是這種以簡馭繁的功力，化腐為奇的智力，片言斷案的魄力。至於我們是否同意，是否感動，卻另當別論。一般人說話，不是累贅，便是遲疑。唯天才有自信，始敢單純而武斷，卻又言之有物，味之雋永。「每個人犯了錯，都美其名為經驗。」這句話當然失之單純而又武斷，不過無可否認，確也抓住了許多人自我解嘲的心理。世界上的事情往往不可一概而論，但是如果每一句話都要照顧到例外，話就說不痛快，也說不漂亮，警句也就無從產生。警句是智慧的結晶，語言的濃縮；它把次要的成份都剔開了，所以不是百分比的統計數字，而是真理的驚鴻一瞥，曇花一現。

沒有警句不富於創意，但有不少是利用成語老套推陳出新，做翻案文章。例如下面這句：「一個人在選敵人的時候，千萬要小心。」妙處全在俗語所謂「擇友宜慎」的心理背景。但是上一句的意思完全不同，其哲學可能是：在得罪人之前，應先估量你是否得罪得起；也可能是：如果在幾個人之中你不得不跟一個作對，就要挑一個好對付的。其實呢，擇友是主動的，樹敵卻往往出於無心或無奈。世界上有誰是興致勃勃去選敵人的呢？可是有了成語撐腰，新句裏這荒謬的「選」字也就顯得理直氣壯了。

這種翻案句在《不可兒戲》裏也曾數見。例如第一幕裏，亞吉能嘲笑恩愛夫妻的肉麻表現，對傑克説：「這花夫人哪，老愛隔著餐桌跟自己的丈夫打情罵俏。這實在不很愉快。説真的，甚至於不大雅觀……簡直是當眾自表清白。」這句末的「當眾自表清白」，原文washing one's clean linen in public（當眾洗自己的乾淨衣物）便是利用成語washing one's dirty linen in public（當眾洗自己的髒衣物——即中文家醜外揚之意）。這種情形譯者最感兩難：意譯吧，會失去翻案句的反彈力；直譯吧，中國讀者又沒有心理背景。

警句妙則妙矣，但有時其中的態度模稜兩可，耐人尋味。傑克怪亞吉能不該偷看他菸盒裏的題辭。亞吉能借題發揮説：「什麼該看，什麼不該看，都要一板一眼地規定，簡直荒謬。現代文化呀有一半以上要靠不該看的東西呢。」

後面這意外的結論正是這種警句，它可以解為：現代文化的產品，像小說和繪畫吧，大半都遭官方查禁。這是捧現代文化。也可以解為：現代文化的成果大半不值得一看。則是貶了。

還有一種警句，說到半途忽然變卦，邏輯的順勢竟然逆轉，令我們一驚，但到了句末，顯然的矛盾又變成隱然的真理，令我們一喜。這便是修辭學上最迷人的反正句（paradox），亦稱矛盾語法。反正句富有對比的張力，前半段引起的期待，到後半段落了空。喪失平衡的讀者踏空了一步，勢必回頭把前面的期待檢查一下，乃有了新的發現。維多利亞時代的批評家紐曼（Ernest Newman）說得最妙：「反正句是猛一轉彎才見到的真理。」

王爾德曾這麼論過蕭伯納：「他在世上絕無敵人，也絕無朋友喜歡他。」這妙語的前半虛發一招，不過是障眼法；讀者受推理的引導，以為他在世上一個敵人也沒有，人緣必然大好。到了後半，圖窮匕首見，才驚覺他的所謂朋友也並非良友，於是回頭再看前半，那意思也變了。「在世上絕無敵人」不見得等於舉世皆友啊，哈哈；於是蕭伯納可笑極矣。蕭伯納的真相，是要轉一個彎才看見的。

在第一幕裏，巴夫人提起哈夫人時說：「自從她死了可憐的丈夫，我一直還沒有去過她家呢。從沒見過一個女人變得這麼厲害；看起來她足足年輕了二十歲。」哈夫人新寡之變，從常理期待的變老到結句的變年輕，是反正句的逆轉。我們一驚一喜之餘，欣然會心於怨偶之喪的解脫感。第二幕裏，亞吉能要看西西麗的日記。你猜得到她的反應嗎？她說：「哦不可以。（手按日記。）你知道，裏面記錄的不過是一個很年輕的女孩子私下的感想和印象，所以呢，是準備出版的。等到印成書的時候，希望你也郵購一本。」這也是匪夷所思。通俗作品的老套在「所以呢」之後，一定會說「是不準備出版的」。

王爾德不但下筆成趣，而且出口成章，語驚四座。「一個人能夠稱雄於倫敦的宴席，就能夠稱雄於天下。」他曾經發過這樣的豪語。王爾德生當大英帝國的盛世，此語不免有沙文主義的氣味，但也看得出他對自己的繡口無礙，如何得意了。小他九歲的葉慈在〈顫動的面紗〉裏，就憶述他初見這位同鄉才子時，是怎樣驚奇：「我以前從未聽誰與人交談是講完完整整的句子，好像是前一晚就用心寫好，卻又句句自然……我還發覺，凡聽王爾德說話的人，都留下了做作的印象：這印象來自他圓滿無陷的句法，和造句時的那種刻意求工。他善用這種印象，正如詩人善用韻律，而十七世紀的作家善用對比的文體（本身也是一種真實的韻律）；因為他能從迅不可測的靈機一閃，順理成章地轉向精密的潛思。幾夜之後我又聽他說道：『給我「冬日的故事」吧，「水仙開了，燕子還不敢飛來」，可是莫給我「李爾王」。「李爾王」有什麼呢，無非是倒楣的人生在霧裏掙扎。』那從容不迫起伏細膩的旋律，我聽來自然入耳。」

可見這位唯美大師平常開口就慣於咳金唾玉的了，筆下當然更加講究。葉慈提到十七世紀的對比文體（antithetical prose）倒是一語中的。王爾德的文體確有此種遺風，但不必盡為十七世紀的餘澤，因為早在希臘羅馬的修辭家筆下已有這種作風，即在英國，十六世紀末年李黎的《優浮綺思：析巧篇》(Euphues : The Anatomy of Wit) 也已大張對比文體的旗鼓了。

這種優浮猗盛（Euphuism）講究句法的平衡對稱，佐以紛至沓來的雙聲、雙關語，更炫耀典故和草木蟲魚之學；其富麗繁瑣頗近中國的駢文，但不如中文的方塊字和文法那樣周轉靈活，對仗天然。這種對仗性在《不可兒戲》的對話裏極為常見，不過王爾德冰雪聰明，一掃前人滯礙輪囷之病，快筆敏舌，雖也有意對照，卻清爽無阻。下面是幾個例子：

例一：亞吉能對傑克說：「你創造了一個妙用無窮的弟弟名叫任真，便於隨時進城來。我呢創造了一個無價之寶的長期病人叫梁勉仁，便於隨時下鄉去。」

例二：巴夫人對亞吉能說：「大家總似乎認為法國歌不正經，一聽到唱法國歌，不是大驚，便是大笑：大驚，未免俗氣，大笑，那就更糟。」

例三：亞吉能對巴夫人說：「音樂節目當然是一大難題。您看，如果音樂彈得好，大家就只顧談話，彈壞了呢，大家就鴉雀無聲。」

例四：亞吉能對傑克說：「五親六戚都是一班討厭的人，完全不明白如何生得其道，也根本不領悟如何死得其時。」

由於中英文有別，我的譯文有些地方不及原文工整，有些地方卻勝過原文。儘管如此，從譯文裏也看得出，這些句子並非全部對仗，而對仗的部分也不像中國駢文那麼銖兩悉稱，圓融盡美。以王爾德之才，如果生在中國，一定能和鮑照、庾信並駕齊驅，成為駢儷高手。

王爾德對話的對仗性當然不止這麼簡單。他的對仗詞句往往隔段甚至隔幕遙相呼應，所以到處都有回聲，令人感到耳熟。例如第一幕裏關多琳跟傑克訂婚後，讚美傑克的藍眼；第二幕裏西西麗和亞吉能定情後，也讚美亞吉能的捲髮。又例如第二幕裏，兩心暗許的牧師和家庭教師的語鋒，便隔了好遠針鋒相對。下面我把兩人的前言後語並列在一起，其實在原文裏中間有四頁的距離。

蔡牧師：要是我有幸做了勞小姐的學生，我一定會死盯著她的嘴唇。

（勞小姐怒視著他。）我只是打個比喻：我的比喻來自蜜蜂。

勞小姐：成熟的女人總是靠得住的。熟透了，自然沒問題。年輕女人呀根本是生的。（蔡牧師吃了一驚。）我這是園藝學的觀點。我的比喻來自水果。

用蜜蜂和水果為喻，正是優浮猗盛好借「勉強的博物學」（unnatural natural history）作比的遺風，只是王爾德的用意在取笑罷了。《不可兒戲》裏面，無論詞句、觀念、人物、情勢、地區，都有對比的巧妙安排，而且對比與對比之間還交錯勾結。說本劇是所謂善構劇的佳例，這當然也是一大原因。細析起來，可以單獨成一長文，此處不過點到為止。例如傑克住在鄉下，為了逃避兩個女人，乃佯稱有個浪子弟弟在城裏，需要常去城裏照顧；亞吉能住在城裏，為了逃避兩個女人，也偽託有個病人朋友在鄉下，需要常去鄉下陪守。這種種倒影回聲交織成天羅地網的對比，而就在這骨架上，情節推移，事件發展，一波波未平又起，激起奇問妙答的浪花。這真是巧思警句的盛宴。難怪八十八年前首演之夜幕落之際，全場觀眾起立，再三歡呼。事後演亞吉能的艾因華斯，對《王爾德傳》作者皮爾森說，當晚的盛況，是他五十三年臺上經歷所僅見。

我從來不認為王爾德是偉大的作家，也不認為《不可兒戲》是偉大的作品，可是這麼一部才高藝圓的精心傑作，只怕有些偉大的作家也未必就寫得出來。後面這半句話，至少王爾德會同意。

一九八三年愚人節於沙田

註：王爾德早期還有兩個劇本，《維娜》和《巴杜瓦的伯爵夫人》，都寫得很糟，與《不可兒戲》判若兩人之作。我這篇文章本可附加幾十條註，打扮成「學術論文」。卻怕王爾德笑我小題大作，反話正解，就算了。

本劇人物

約翰．華興，太平紳士（即劇中之任真，又名傑克，因為約翰的小名是傑克。劇中全名為華任真。）

亞吉能．孟克烈夫

蔡書伯牧師，神學博士（即蔡牧師）

梅里曼，管家（即老梅）

老林（男僕）

巴拉克諾夫人（即巴夫人或歐姨媽）

關多琳．費爾法克斯小姐（即費小姐）

西西麗．賈爾杜小姐（即賈小姐）

普禮慎小姐，家庭教師（即勞小姐）

本劇布景

第一幕：倫敦西區半月街亞吉能的寓所。

第二幕：武登鄉大莊宅的花園。

第三幕：武登鄉大莊宅的客廳。

時　間：當代。

第一幕

布　景：半月街亞吉能寓所的起居室，布置豪華而高雅。鄰室傳來鋼琴聲。

（老林正把下午茶點端上桌來。鋼琴聲止，亞吉能上。）

亞吉能：老林，你剛才聽見我彈琴沒有？

老　林：先生，偷聽人家彈琴，只怕沒禮貌吧。

亞吉能：眞爲你感到可惜。我彈琴並不準確——要彈得準確，誰都會——可是我彈得表情十足。就彈琴而言，我的長處在感情。至於技巧嘛，我用來對付生活。

老　林：對呀，先生。

亞吉能：對了，說到生活的技巧，巴夫人要的黃瓜三明治你爲她切好了沒有？

老　林：好了，先生。（遞上一盤黃瓜三明治。）

亞吉能：（檢查一下，取了兩塊，坐在沙發上。）哦！……對了，老林，我看見你的簿子上登記，上禮拜四晚上，蕭大人跟華先生來我們這兒吃飯，一共喝了八瓶香檳。

老　林：是的，先生；一共八瓶，外加一品脫。

亞吉能：爲什麼在單身漢的寓所，傭人所喝的總是香檳呢？我只是要了解一下。

老　林：這嘛，先生，是由於香檳的品質高貴。我常發現，有太太當家，就難得喝到名牌香檳。

亞吉能：天哪，婚姻就這麼令人喪氣嗎？

老　林：我相信婚姻是挺愉快的，先生。不過一直到現在我自己這方面的經驗太少。我只結過一次婚。那是我跟一位少女發生誤會的結果。

亞吉能：（乏味地。）老林，我不認爲我對你的家庭生活有多大興趣。

老　林：當然了，先生；這本來就不是什麼有趣的話題。我自己從不擺在心上。

亞吉能：這很自然，我相信。行了，老林，沒事了。

老　林：是，先生。

（老林下。）

亞吉能：老林對婚姻的態度似乎有點隨便。說眞的，如果下層階級不爲我們樹個好榜樣，他們到底有什麼用呢？他們這階級在道德上似乎毫無責任感。

（老林上。）

老　林：華任眞先生來訪。

（傑克上。）

（老林下。）

亞吉能：哎喲，我的好任眞。什麼事進城來了？

傑　克：哦，尋歡作樂呀！一個人出門，還爲了別的嗎？我看你哪，阿吉，好吃如故！

亞吉能：（冷峻地。）五點鐘吃一點兒點心，相信是上流社會的規矩。上禮拜四到現在，你都去哪兒了？

傑　克：（坐在沙發上。）下鄉去了。

亞吉能：下鄉去究竟做什麼？

傑　克：（脫下手套。）一個人進城，是自己尋開心。下鄉嘛，是讓別人尋開心。眞悶死人了。

亞吉能：你讓誰尋開心了呢？

傑　克：（輕描淡寫地。）哦，左鄰右舍嘛。

亞吉能：希洛普縣你那一帶有好鄰居嗎？

傑　克：全糟透了！從來不理他們。

亞吉能：那你一定讓他們開心死了！（趨前取三明治。）對了，你那一縣是希洛普嗎？

傑　克：嗯？希洛普縣？當然是啊。嘿！這麼多茶杯幹什麼？黃瓜三明治幹什麼？年紀輕輕的，爲什麼就這麼揮霍無度？誰來喝茶？

亞吉能：唉！只是歐姨媽跟關多琳。

傑　克：太妙了！

亞吉能：哼，好是很好；只怕歐姨媽不太贊成你來這裏。

傑　克：請問何故？

亞吉能：好小子，你跟關多琳調戲的樣子，簡直不堪。幾乎像關多琳跟你調情一樣的糟。

傑　克：我愛上了關多琳呀。我這是特意進城來向她求婚。

亞吉能：我還以爲你是進城來尋歡作樂呢……我把求婚叫做正經事。

傑　克：你這人眞是太不浪漫了！

亞吉能：我實在看不出求婚有什麼浪漫。談情說愛固然很浪漫，可是一五一十地求婚一點兒也不浪漫。哪，求婚可能得手。我相信，通常會得手的。一得手，興頭全過了。浪漫的基本精神全在捉摸不定。萬一我結了婚，我一定要忘記自己是結了婚。

傑　克：我相信你是這種人，好阿吉。有人的記性特別不好，離婚法庭就是專爲這種人開設的。

亞吉能：唉，不必爲這個問題操心了。離婚也算是天作之分——（傑克伸手拿三明治。亞吉能立刻阻止。）請你別碰黃瓜三明治。人家是特爲歐姨媽預備的。（自己取食一塊。）

傑　克：哼，你自己可是吃個不停。

亞吉能：那又另當別論。她是我的姨媽。（抽開盤子。）吃點牛油麵包吧。牛油麵包是給關多琳吃的，關多琳最愛吃牛油麵包。

傑　克：（走到桌前取食。）這牛油麵包還眞好吃呢。

亞吉能：喂，好小子，也不必吃得像要一掃而光的樣子啊。你這副吃相，倒像已經娶了她似的。你還沒娶她呢，何況，我認爲你根本娶不成。

傑　克：你憑什麼這麼說？

亞吉能：哪，首先，女孩子跟誰調情，就絕對不會嫁給誰。女孩子覺得那樣不好。

傑　克：呸！胡說八道！

亞吉能：才不是呢。我說的是大道理。這正好說明，爲什麼到處看見那許許多多的單身漢。其次啊，我不允許她嫁你。

傑　克：你不允許？

亞吉能：好小子，關多琳是我的嫡親表妹。何況，要我讓你娶她，你先得把西西麗的大問題澄清一下。（拉鈴。）

傑　克：西西麗！你到底是什麼意思？阿吉，你說西西麗，是什麼意思！我可不認識誰叫西西麗。

（老林上。）

亞吉能：華先生上次來吃飯掉在吸菸室的那只菸盒子，你把它拿來。

老　林：是，先生。

（老林下。）

傑　克：你是說，我的菸盒子一直在你手裏？天哪，怎麼早不告訴我？急得我一直寫信給蘇格蘭警場，幾乎要懸重賞呢。

亞吉能：喲，你要懸了賞就好了。我正巧特別鬧窮。

傑　克：東西既然找到了，重賞有什麼用呢。

（老林端盤子盛菸盒上。亞吉能隨手取過菸盒。老林下。）

亞吉能：坦白說吧，我覺得你這樣未免小氣了一點，任眞。（開盒檢視。）不過，沒關係，我看了裏面的題字，發現這東西根本不是你的。

傑　克：當然是我的呀。（走向亞吉能。）你見我用這菸盒多少回了，何況，你根本沒資格看裏面題些什麼。偷看私人的菸盒，太不像君子了。

亞吉能：什麼該看，什麼不該看，都要一板一眼地規定，簡直荒謬。現代文化呀有一半以上要靠不該看的東西呢。

傑　克：這個嘛，我很明白，我可無意討論什麼現代文化。這種話題本來也不該私下來交談。我只要把菸盒收回來。

亞吉能：好吧；可是這不是你的菸盒。這菸盒是個名叫西西麗的人送的，而你剛才說，你不認識誰叫西西麗。

傑　克：唉，就告訴你吧，西西麗碰巧是我阿姨。

亞吉能：你的阿姨！

傑　克：是啊。這老太太還挺動人的呢。她住在通橋井。乾脆把菸盒還我吧，阿吉。

亞吉能：（退到沙發背後。）可是，如果她眞是你的阿姨又住在通橋井的話，爲什麼她要自稱是小西西麗呢？（讀菸盒內題辭。）「至愛的小西西麗敬贈。」

傑　克：（走到沙發前，跪在上面。）好小子，這又有什麼大不了嘛？有人的阿姨長得高大，有人的阿姨不高大。這種事情當然做阿姨的可以自己做主。你好像認爲每個人的阿姨都得跟你的阿姨一模一樣！簡直荒謬！做做好事把菸盒還我吧。（繞室追逐亞吉能。）

亞吉能：好吧。可是爲什麼你的阿姨叫你做叔叔呢？「至愛的小西西麗敬贈給好叔叔傑克。」我承認，做阿姨的長得嬌小，也無可厚非，可是做阿姨的，不管身材大小，居然叫自己的外甥做叔叔，我就不太明白了。何況，你根本不叫傑克呀；你叫任眞。

傑　克：我的名字不是任眞，是傑克。

亞吉能：你一向跟我說，你叫任眞。我也把你當任眞介紹給大家。人家叫任眞，你也答應。看你的樣子，就好像名叫任眞。我一生見過的人裏面，你的樣子是最認眞的了。倒說你的名字不叫任眞，簡直荒謬透了。你的名片都這麼印的。這裏就有一張。（從菸盒裏抽出名片。）「華任眞先生，學士。奧巴尼公寓四號。」我要留這張名片證明你叫做任眞，免得有一天你向我，或是關多琳，或是任何人抵賴。（把名片放在袋裏。）

傑　克：哪，我的名字進城就叫任眞，下鄉就叫傑克；菸盒呢，是人家在鄉下送我的。

亞吉能：好吧，可是還說不通，爲什麼你那位住在通橋井的小阿姨西西麗要叫你做好叔叔。好了，老兄，你不如趕快吐出來吧。

傑　克：好阿吉，你的語氣活像拔牙的醫生。不是牙醫而要學牙醫的語氣，未免太俗氣了。這會造成一種假象。

亞吉能：對呀，這正是牙醫常幹的事情。好了，說下去吧！一切從實招來。我不妨提一下，我一直疑心你是一位不折不扣、偷偷摸摸的「兩面人」；現在我完全確定了。

傑　克：「兩面人」？你這「兩面人」究竟是什麼意思？

亞吉能：只要你好好告訴我，為什麼你進城叫任真，下鄉叫傑克，我就把這絕妙的字眼解釋給你聽。

傑　克：好吧，可是菸盒先給我。

亞吉能：拿去吧。（遞過菸盒。）現在該你解釋了；但願你解釋不通。（坐在沙發上。）

傑　克：好小子，我的事情沒什麼解釋不通的。說穿了，再普通不過。有一位賈湯姆先生，在我小時候就領養了我，後來呢在他遺囑裏指定我做他孫女西西麗的監護人。西西麗叫我做叔叔，是為了尊敬，這你是再也領會不了的了；她住在鄉下的別墅，有一位了不起的女老師勞小姐負責管教。

亞吉能：對了，那地方在哪裏的鄉下？

傑　克：好小子，這不管你的事。我不會請你去的……我不妨坦白告訴你，那地方並不在希洛普縣。

亞吉能：不出我所料，好小子！我曾經先後兩次在希洛普縣各地幹兩面人的把戲。好吧，講下去。爲什麼你進城就叫任眞，下鄉就叫傑克呢？

傑　克：阿吉，我不知道你能不能了解我眞正的動機。你這人沒個正經。一個人身爲監護人，無論談什麼都得採取十足道學的口吻。這是監護人的責任。道學氣十足的口吻實在不大能促進一個人的健康或者幸福，所以爲了要進城來，我一直假裝有個弟弟，名叫任眞，住在奧巴尼公寓，時常會惹大禍。諸如此類，阿吉，就是全部的眞相，又乾脆又簡單。

亞吉能：眞相難得乾脆，絕不簡單。眞相要是乾脆或者簡單，現代生活就太無聊了，也絕對不會有現代文學！

傑　克：那也絕非壞事。

亞吉能：文學批評非閣下所長，老兄。別碰文學批評吧。這件事，你應該留給沒進過大學的人去搞。人家在報上搞得是有聲有色。你的本份是做兩面人。我說你是兩面人，一點兒也沒錯。在我認識的兩面人裏面，你應該算是老前輩了。

傑　克：你到底是什麼意思？

亞吉能：你創造了一個妙用無窮的弟弟名叫任眞，便於隨時進城來。我呢創造了一個無價之寶的長期病人名叫「梁勉仁」，便於隨時下鄉去。「梁勉仁」太名貴了。舉個例吧，要不是因爲「梁勉仁」的身體壞得出奇，今晚我就不能陪你去威利飯店吃飯了，因爲一個多禮拜以前我其實已經答應了歐姨媽。

傑　克：今晚我並沒有請你去哪兒吃飯呀。

亞吉能：我知道。你這人眞荒唐，總是忘了送請帖。你眞糊塗。收不到請帖，最令人冒火了。

傑　克：你還是陪你的歐姨媽吃晚飯好了。

亞吉能：我根本不想去。首先，上禮拜一我已經去吃過一次飯了，陪自己的親戚每禮拜吃一頓飯，也夠了。其次，我每回去姨媽家吃飯，她總當我做自家人，排我的座位，不是旁邊一個女人也沒有，就是一口氣有兩個。第三呢，我明明知道今晚她會把我排在誰的旁邊。她會把我排在花夫人的旁邊；這花夫人哪，老愛隔著餐桌跟自己的丈夫打情罵俏。這實在不很愉快。說真的，甚至於不大雅觀……這種情形正在變本加厲。在倫敦，跟自己丈夫打情罵俏的女人，數量之多，簡直不像話。太難看了。簡直是當眾自表清白。話說回來，既然我知道你是個不折不扣的兩面人了，我自然要跟你講講兩面人的事情。我要教你一套幫規。

傑　克：我根本不是什麼兩面人。要是關多琳答應嫁我，我就會把我弟弟解決掉；說真的，我看不管怎樣都要解決他了。西西麗對他的興趣也太高了一點，真討厭。所以我準備把任真擺脫。我還要鄭重奉勸你同樣要擺脫那位……什麼先生，你那位名字怪怪的病人朋友。

亞吉能：誰也別想勸我跟梁勉仁分手。老兄會不會結婚，我看是大有問題；可是萬一你結了婚，你一定很樂於結交梁勉仁。一個男人結了婚而不認得梁勉仁，日子就太單調了。

傑　克：胡說八道。要是我娶了關多琳這麼迷人的女孩，而在我一生所見的女孩子裏我要娶的就她一個，我才不要去結交什麼梁勉仁呢。

亞吉能：那，就輪到尊夫人去了。閣下似乎不明白：婚後的日子，三個人才熱鬧，兩個人太單調。

傑　克：（大發議論。）小伙子，這道理腐敗的法國戲劇已經宣揚了五十年了。

亞吉能：對；可是幸福的英國家庭只花二十五年就體驗出來了。

傑　克：看在老天的份上，不要玩世不恭了。玩世不恭太容易了。

亞吉能：老兄，這年頭做什麼都不容易，到處都是無情的競爭。（傳來電鈴的聲音。）啊！這一定是歐姨媽。只有親戚或者債主上門，才會把電鈴撳得這麼驚天動地。喂，假如我把她調虎離山十分鐘，讓你乘機向關多琳求婚，我今晚可以跟你去威利飯店吃飯了吧？

傑　克：可以吧，你一定要的話。

亞吉能：當然要，可是你說了要算數。我最恨人家把吃飯不當回事；這種人最膚淺了。

（老林上。）

老　林：巴夫人跟費小姐來訪。

（亞吉能趨前迎接。巴夫人與關多琳上。）

巴夫人：阿吉，你好，近來你還規矩吧？

亞吉能：近來我很得意，歐姨媽。

巴夫人：這可不太一樣。老實說，做人規不規矩跟得不得意，難得並行不悖。（忽見傑克，冷冰冰地向他頷首。）

亞吉能：哎呀，你眞漂亮！（對關多琳說。）

關多琳：我向來都漂亮呀！華先生，對嗎？

傑　克：你眞是十全十美，費小姐。
關多琳：哦！但願不是如此。眞是如此，就沒發展的餘地了，而我有意向各方面發展。
（關多琳和傑克並坐在一角。）
巴夫人：眞抱歉我們來晚了一點，阿吉，可是我不能不去探望哈夫人。自從她死了可憐的丈夫，我一直還沒有去過她家呢。從沒見過一個女人變得這麼厲害；看起來她足足年輕了二十歲。現在我要喝杯茶，還有你答應了我的那種好吃的黃瓜三明治，也來一塊。
亞吉能：沒問題，歐姨媽。（走向茶點桌子。）
巴夫人：坐過來吧，關多琳。
關多琳：不要了，媽，我在這兒很舒服。
亞吉能：（端起空盤，大吃一驚。）天哪！老林！怎麼沒有黃瓜三明治呢？我特地叫你準備的呀。
老　林：（正色地說。）先生，今早菜場上沒有黃瓜。我去過兩趟了。

亞吉能：沒有黃瓜！

老　林：沒有呀，先生。現錢也買不到。

亞吉能：算了，老林，你去吧。

老　林：是，先生。

（老林下。）

亞吉能：歐姨媽，拿現錢都買不到黃瓜，眞是十分遺憾。

巴夫人：根本無所謂，亞吉能。我在哈夫人家裏剛吃過幾塊烘餅；我看，這哈夫人現在是全心全意在過好日子了。

亞吉能：聽說她的頭髮因爲傷心變色像黃金。

巴夫人：她的頭髮無疑是變了色。是什麼原因，當然我說不上來。（亞吉能上前敬茶。）謝謝你。今晚我會好好招待你，亞吉能。我會安排你坐在花夫人的旁邊。這女人眞好，對她丈夫眞周到。看他們在一起眞教人高興。

亞吉能：歐姨媽，只怕我今晚還是沒有福氣陪您吃飯呢。

巴夫人：（皺眉。）不會吧，亞吉能。你不來，整桌的座位就全亂了。你的姨夫呢也得上樓去吃了。幸好他也慣了。

亞吉能：有件事眞討厭，不用說，也眞是掃興，就是剛收到一封電報，說我那可憐的朋友梁勉仁病情又重起來了。他們好像認爲我應該去陪陪他。（和傑克交換眼色。）

巴夫人：眞是奇怪。這位梁勉仁先生的身體似乎壞得離奇。

亞吉能：是呀；可憐這梁勉仁，眞是個難纏的病人。

巴夫人：嗯，我說阿吉呀，這位梁勉仁先生到底要死要活，到現在也眞該下個決心了呀。這問題，還這麼三心兩意的，簡直是胡鬧。而且我也絕不贊成新派人士一味地同情病人。這態度，我認爲也是病態。無論是什麼病，都不應該鼓勵別人生下去。健康，是做人的基本責任。這道理，我一直講給你可憐的姨夫聽，可是……從他病情的進展看來，他似乎從來聽不進去。要是你能替我求「梁勉仁」先生做好事，別盡挑星期六來發病，我就感激不盡了，因爲我還指望你爲我安排音樂節目呢。這是我最後的一次酒會，總要有點什麼以助談興，尤其是社交季節已到了尾聲，大家要講的話幾乎也講光了；其實嘛許多來賓也沒有多少話好講。

亞吉能：歐姨媽，我可以去跟梁勉仁講一下，要是他還清醒的話；我想，我可以向您保證他禮拜六就會好轉的。音樂節目當然是一大難題。您看，如果音樂彈得好，大家就只顧談話，彈壞了呢，大家就鴉雀無聲。不過我可以把擬好的節目單檢查一遍，麻煩您到隔壁來一下。

巴夫人：謝謝你，阿吉，你眞周到。（起身跟隨亞吉能。）我相信，你的節目只要刪去幾條，就很討人歡喜了。法國歌我絕對不通融。大家總似乎認爲法國歌不正經，一聽到唱法國歌，不是大驚，便是大笑：大驚，未免俗氣，大笑，那就更糟。可是德文聽起來就正正派派；說眞的，我也認爲德文是正派的語言。關多琳，跟我來吧。

關多琳：好啊，媽媽。

（巴夫人和亞吉能同入音樂室，關多琳仍留下。）

傑　克：費小姐，今天天氣眞好啊。

關多琳：華先生，求求你別跟我談天氣。每逢有人跟我談天氣，我都可以斷定，他們是別有用心。於是我就好緊張。

傑　克：我是別有用心。

關多琳：果然我料中了。說眞的，我向來料事如神。

傑　克：巴夫人離開片刻，請容我利用這時機……

關多琳：我正要勸你如此。我媽媽老愛突然闖回人家房裏來，逼得我時常講她。

傑　克：（緊張地。）費小姐，自從我見你以後，我對你的愛慕，超過了……自從我見你以後……見過的一切女孩子。

關多琳：是呀，這一點我很清楚。我還時常希望，至少當著衆人的面，你會表示得更加露骨。你對我，一直有一股不能抵抗的魅力。甚至早在遇見你之前，我對你也絕非無動於衷。（傑克愕然望著她。）華先生，我希望你也知道，我們是生活在一個理想的時代。這件事，高級的月刊上經常提起，據說已經傳到外省的講壇上了；而我的理想呢，一直是要去愛一個名叫任眞的人。任眞這名字，絕對叫人放心。亞吉能一跟我提起他有個朋友叫任眞，我就知道我命裏註定要愛你了。

傑　克：你眞的愛我嗎？關多琳？

關多琳：愛得發狂！

傑　克：達令！你不知道這句話令我多開心。

關多琳：我的好任眞！

傑　克：萬一我的名字不叫任眞，你不會當眞就不愛我了吧？

關多琳：可是你的名字是任眞呀。

傑　克：是呀，我知道。可是萬一不是任眞呢？難道你因此就不能再愛我了嗎？

關多琳：（圓滑地。）啊！這顯然是一個玄學的問題，而且像大半的玄學問題一樣，和我們所了解的現實生活的眞相，根本不相干。

傑　克：達令，我個人，老實說，並不怎麼喜歡任眞這名字……我覺得這名字根本不配我。

關多琳：這名字對你是天造地設，神妙無比，本身有一種韻味，動人心弦。

傑　克：哪，關多琳，坦白地說，我覺得還有不少更好的名字。例如傑克吧，我就認爲是很動人的名字。

關多琳：傑克？……不行，這名字就算有一點韻味，也有限得很。說眞的，傑克這名字沒有刺激，一點兒也不動人心弦……我認識好幾個人叫傑克，毫無例外，都特別地平庸。何況，傑克只是約翰的家常小名，實在很不體面。無論什麼女人嫁了叫約翰的男人，我都可憐她。這種女人只怕一輩子都沒有福氣享受片刻的清靜。只有任眞這名字才眞的保險。

傑　克：關多琳，我必須立刻受洗——我是說，我們必須立刻結婚。不能再耽誤了。

關多琳：結婚，華先生？

傑　克：（愕然。）是啊……當然了。你知道我愛你，費小姐，你也使我相信，你對我並非完全無情。

關多琳：我崇拜你。可是你還沒有向我求婚呢。根本還沒有談到婚嫁呢。這話題碰都沒碰過。

傑　克：那麼……現在我可以向你求婚了嗎？

關多琳：我認爲現在正是良機。而且免得你會失望，我想天公地道應該事先坦坦白白地告訴你，我是下定了決心要——嫁你。

傑　克：關多琳！

關多琳：是呀，華先生，你又怎麼說呢？

傑　克：你知道我會怎麼說。

關多琳：對，可是你沒說。

傑　克：關多琳，你願意嫁給我嗎？（跪下。）

關多琳：我當然願意，達令。看你，折騰了這麼久！只怕你求婚的經驗很有限。

傑　克：我的寶貝，世界之大，除你之外我沒有愛過別人。

關多琳：對呀，可是男人求婚，往往是為了練習。我知道我哥哥覺羅就是這樣，我所有的女朋友都這麼告訴我的。你的眼睛藍得好奇妙啊，任眞！眞是好藍，好藍啊。希望你永遠像這樣望著我，尤其是當著別人的面。

（巴夫人上。）

巴夫人：華先生！站起來，別這麼不上不下的怪樣子。太不成禮統了。

關多琳：媽！（他要站起來，被她阻止。）求求您迴避一下，這兒沒您的事。況且，華先生還沒做完呢。

巴夫人：什麼東西沒做完，請問？

關多琳：我正跟華先生訂了婚。媽。（兩人一同站起。）

巴夫人：對不起，你跟誰都沒有訂婚。你眞跟誰訂了婚，告訴你這件事的是我，或者是你爸爸，如果他身體撐得住的話。訂婚對一個少女，應該是突如其來，至於是驚喜還是驚駭，就得看情形而定。這種事，由不得女孩子自己做主……華先生，現在我有幾個問題要問你。我盤問他的時候，關多琳，你下樓去馬車上等我。

關多琳：（怨恨地。）媽！

巴夫人：馬車上去，關多琳！（關多琳走到門口，跟傑克在巴夫人背後互拋飛吻。巴夫人茫然四顧，似乎不明白聲自何來。終於她轉過身去。）關多琳，馬車上去！

關多琳：好啦，媽。（臨去回顧傑克。）

巴夫人：（坐下。）你坐下來吧，華先生。

（探袋尋找小簿子和鉛筆。）

傑　克：謝謝您，巴夫人，我情願站著。

巴夫人：（手握鉛筆和小簿子。）我覺得應該告訴你，你並不在我那張合格青年的名單上：我的那張跟包頓公爵夫人手頭的一模一樣。老實說，這名單是我們共同擬定的。不過嘛，我很願意把你的名字加上去，只要你回答我的話能滿足一個眞正愛女心切的母親。你抽菸嗎？

傑　克：呃，抽的，不瞞您說。

巴夫人：聽到你抽菸，我很高興。男人應該經常有點事做。目前在倫敦，閒著的男人太多了。你幾歲啦？

傑　克：二十九。

巴夫人：正是結婚的大好年齡。我一向認爲，有意結婚的男人，要嘛應該無所不知，要嘛應該一無所知。你是哪一類呀？

傑　克：（猶豫了一下。）巴夫人，我一無所知。

巴夫人：這我很高興。我最不贊成把天生懵懂的人拿來改造。懵懂無知就像嬌嫩的奇瓜異果一樣，只要一碰，就失去光采了。現代教育的整套理論根本就不健全。無論如何，幸好在英國，教育並未產生什麼效果。否則，上流社會就會有嚴重的危機，說不定格羅夫納廣場還會引起暴動呢。你的收入有多少？

傑　克：七、八千鎊一年。

巴夫人：（記在簿上。）是地產還是投資？

傑　克：大半是投資。

巴夫人：很好。一個人生前要繳地產稅，死後又要繳遺產稅，有塊地呀早就是既不能生利又不能享福囉。有了地產就有地位，卻又撐不起這地位。除此之外，也沒有什麼好說的了。

傑　克：我在鄉下還有座別墅，當然還連著一塊地，大約一千五百畝吧，我想；可是我眞正的收入並不靠這個。其實嘛，照我看呀，只有非法闖進來的獵人才有利可圖呢。

巴夫人：一座別墅！有多少臥房呀？呃，這一點以後再清算吧。想必你城裏也有房子囉？總不能指望像關多琳這樣單純的乖女孩住到鄉下去吧。

傑　克：嗯，我在貝爾格瑞夫廣場是有棟房子，不過是論年租給了布夫人。當然，我隨時都可以收回來，只要六個月前通知她就行了。

巴夫人：布夫人？我可不認得她。

傑　克：哦，她很少出來走動。這位夫人年紀已經很大了。

巴夫人：哼，這年頭呀年高也不一定就德劭。是貝爾格瑞夫廣場幾號呢？

傑　克：一百四十九號。

巴夫人：（搖搖頭。）那一頭沒有派頭。我就料到有問題。不過，這一點很容易修正。

傑　克：你是指派頭呢，還是地段？

巴夫人：（嚴厲地。）必要的話，我想，兩樣都有份。你的政治立場呢？

傑　克：這個，只怕我根本沒什麼立場。我屬於自由聯合黨。

巴夫人：哦，那就算是保守黨。這班人來我們家吃飯的，至少飯後來我們家做客。現在來談談細節吧。你的雙親都健在吧？

傑　克：我已經失去了雙親。

巴夫人：失去了父親或母親，華先生，還可以說是不幸；雙親都失去了就未免太大意了。令尊是誰呢？他顯然有幾文錢。到底他是出身於激進報紙所謂的商業世家呢，還是從貴族的身份裏出人頭地的呢？

傑　克：恐怕我根本說不上來。說眞的，巴夫人，剛才我說我失去了雙親；但是實在一點兒，不如說是我的雙親失去了我……我其實不知道自己生在誰家。我是……呃，我是揀來的。

巴夫人：揀來的！

傑　克：揀到我的，是已故的賈湯姆先生，一位性情很慈善很溫厚的老紳士；他取了「華」做我的姓，因爲當時他口袋裏正好有一張去「華興」的頭等車票。華興在塞西克斯縣，是海邊的名勝。

巴夫人：這位買了頭等票去海邊名勝的善心紳士，在哪兒揀到你的呢？

傑　克：（嚴肅地。）在一只手提袋裏。

巴夫人：一只手提袋裏？

傑　克：（極其認真地。）是啊，巴夫人。當時我是在一只手提袋裏——一只相當大的黑皮手提袋，還有把手——其實嘛就是一只普普通通的手提袋。

巴夫人：這位賈詹姆還是賈湯姆先生，是在什麼地方發現這普普通通的手提袋的呢？

傑　克：在維多利亞火車站的行李間。人家誤成他的手提袋交給他的。

巴夫人：維多利亞火車站的行李間？

傑　克：是呀。去布萊敦的月臺。

巴夫人：什麼月臺無管緊要。華先生，坦白說吧，你剛才這一番話有點令我不懂。在一只手提袋裏出世，或者，至少在一只手提袋裏寄養，在我看來，對家庭生活的常規都是不敬的表示：這種態度令人想起了法國革命的放縱無度。我想你也知道那倒楣的運動是怎麼的下場吧？至於發現手提袋的地點嘛，火車站的行李間正好用來掩飾社會上的醜事——說不定實際上早派過這種用場了——可是上流社會的正規地位，總不能靠火車站的行李間做根據呀。

傑　克：那麼，我該怎麼辦，是否可以請您指點？不用說，爲了保證關多琳的幸福，什麼事我都願做。

巴夫人：那我就要鄭重勸告你，華先生，要盡快設法去找幾個親戚來，而且乘社交季節還沒結束，要好好努力，不論是父親還是母親，至少得提一個出來。

傑　克：這個，我實在想不出有什麼辦法。那手提袋嘛我隨時都提得出來：就在我家的梳妝室裏。說眞的，巴夫人，我想這樣你也該放心了吧。

巴夫人：我放心，華先生！跟我有什麼關係呀？你只當我跟巴大人眞會讓我們的獨生女——我們苦心帶大的女孩子——嫁到行李間裏去，跟一個包裹成親嗎？再見了，華先生！

（巴夫人氣派十足地憤憤然掉頭而去。）

傑　克：再見！（亞吉能在鄰室鏗然奏起結婚進行曲。傑克狀至憤怒，走到門口。）做做好事別彈那鬼調子了，阿吉！你發神經啊！

（琴聲止處，亞吉能欣然上。）

亞吉能：不是都很順利嗎，老兄？難道說關多琳不答應嗎？我知道這是她的脾氣。她老愛拒絕人家。我認爲她脾氣眞壞。

傑　克：關多琳倒是穩若泰山。就她而言，我們是已經訂了婚了。她的母親眞叫人吃不消。從來沒見過這樣的母夜叉……我不知道母夜叉究竟是什麼樣子，可是我敢斷定巴夫人一定就是。總之啊，她做了妖怪，又不留在神話裏，實在不太公平……對不起，阿吉，也許我不該這麼當面說你的姨媽。

亞吉能：老兄，我最愛聽人家罵我的親戚了。只有靠這樣，我才能忍受他們。五親六戚都是一班討厭的人，完全不明白如何生得其道，也根本不領悟如何死得其時。

傑　克：呸，胡說八道！

亞吉能：才不呢！

傑　克：唉，不跟你爭了。你呀什麼東西都愛爭。

亞吉能：天造萬物，本來就是給人爭論用的。

傑　克：說眞的，我要是相信這句話，早就自殺了……（稍停。）阿吉，你想想看，一百五十年後，關多琳總不至於變得跟她媽一樣吧？

亞吉能：到頭來，所有的女人都變得像自己的母親。那是女人的悲劇。可是沒一個男人像自己的母親。那是男人的悲劇。

傑　克：你聽多俏皮！

亞吉能：簡直是語妙天下！討論文明的生活，沒有一句話比我這一句更中肯的了。

傑　克：伶牙俐齒，把人給煩死。這年頭，個個都是聰明人。無論上哪兒去，都躲不掉聰明人。這玩意兒已經變成一大公害了。但願上帝保佑，爲我們留下幾個笨蛋。

亞吉能：笨蛋倒也不缺。

傑　克：我倒很想見見他們。他們都談些什麼呢？

亞吉能：笨蛋嗎？唉！當然是談聰明人囉。

傑　克：眞是笨蛋！

亞吉能：對了，你進城叫任眞，下鄉叫傑克，這眞相跟關多琳說過沒有？

傑　克：（一副老氣橫秋的神情。）老兄，眞相這玩意兒是不作興講給又甜又秀氣的好女孩聽的。你對於應付女人之道，見解倒是很特別！

亞吉能：應付女人的唯一手段，是跟她談情說愛，如果她長得漂亮；或者跟別人去談情說愛，如果她長得平庸。

傑　克：呸，又是胡說八道。

亞吉能：那你弟弟怎麼辦呢？任眞那浪蕩子怎麼辦呢？

傑　克：哦，不到週末我就可以解決他了。我可以說他在巴黎中風，死了。好多人不都是無緣無故就死於中風嗎？

亞吉能：對呀，可是這毛病是遺傳來的，老兄。這種事只出在自家身上。還不如說是重傷風吧。

傑　克：你能擔保重傷風就不遺傳，或者不相干嗎？

亞吉能：當然不會了！

傑　克：那，好極了。我那苦命的弟弟任眞，在巴黎害了重傷風，突然去世。這就了結了。

亞吉能：可是我記得你說過……賈小姐對你那苦命弟弟任眞的興趣未免太高了一點，是吧？她不會太難過嗎？

傑　克：哦，那沒有關係。我樂於奉告你，西西麗並不是天眞爛漫的女孩子。她胃口一等，腳勁很強，而且全不用功。

亞吉能：我倒頗想見見她。

傑　克：我會全神戒備，絕不讓你見她。她太漂亮了，而且只有十八歲。

亞吉能：你有沒有告訴過關多琳，你有一個太漂亮了的受監護人，才十八歲呢？

傑　克：哎呀！這種事情，不作興隨口告訴別人的。包管西西麗跟關多琳會成為親密好友。你愛賭什麼我就跟你賭什麼：只要她們見面半小時，就會姊姊長妹妹短的了。

亞吉能：女人嘛，總要彼此稱呼好些別的名堂之後，才會互稱姊妹吧。好了，老兄，要是我們想去威利餐廳弄張好檯子，也實在應該去換衣服了。你知道快七點了嗎？

傑　克：（煩躁地。）唉！永遠是怏七點了。

亞吉能：嗯，我餓了。

傑　克：就沒見你不餓過……

亞吉能：飯後去哪兒呢？聽戲嗎？

傑　克：哦，不行！我討厭聽戲。

亞吉能：那，去俱樂部吧？

傑　克：哦，不行！我最恨聊天。

亞吉能：那，十點鐘散步去帝國樂廳吧？

傑　克：哦，不行！我最受不了一路東張西望：無聊得很。

亞吉能：那，到底幹什麼呢？

傑　克：什麼也不幹！

亞吉能：什麼也不幹，倒眞是苦差事。不過嘛，只要是漫無目的，苦差事我也不在乎。

（老林上。）

老　林：費小姐來了。

（關多琳上。老林下。）

亞吉能：關多琳，說真的！

關多琳：阿吉，請你轉過身去。我有一句話要私下跟華先生講。

亞吉能：老實說，關多琳，我根本不該讓你們這麼搞。

關多琳：阿吉呀，你對人生採取的態度總是這樣不道德，一點兒也不放鬆。你年紀還不夠大，沒資格這麼做。（亞吉能退到壁爐旁邊。）

傑　克：我的達令。

關多琳：任真，也許我們永遠結不成婚了。看媽臉上的表情，只怕我們永遠無望了。這年頭，子女說的話，做父母的很少肯聽了。舊社會對年輕人的尊敬，已經蕩然無存了。我以前對媽的那點影響力，到三歲那年就不靈了。可是啊，雖然她能阻止我們結成夫妻，雖然我會嫁給別人，而且嫁來嫁去，可是我對你的永恒之愛，隨她怎樣也沒法改變。

傑　克：親愛的關多琳！

關多琳：媽把你浪漫的身世告訴了我，還加上一些刺耳的按語，自然而然地深深感動了我。你的教名有一種不可抗拒的魅力。你的性格單純得使我覺得你妙不可解。你城裏的地址在奧巴尼公寓，我已經有了。你鄉下的地址呢？

傑　克：厚福縣、武登鄉大莊宅。

（亞吉能一直在用心偷聽，暗自竊笑，把地址寫在袖口上；又拿起《鐵路指南》來。）

關多琳：想必寄信還方便吧？也許有緊急行動的必要，當然得先慎重考慮。我會每天跟你通信。

傑　克：我的關多琳！

關多琳：你在城裏還待多久呢？

傑　克：到星期一。

關多琳：好極了！阿吉，你可以回過身來了。

亞吉能：謝謝你，我已經回過身來了。

關多琳：你也可以按鈴了。

傑　克：讓我送你上馬車好嗎，達令？

關多琳：當然。

傑　克：（老林上，對老林說。）我會送費小姐出去。

老　林：是，先生。（傑克和關多琳下。）

（老林用盤子盛著幾封信呈遞給亞吉能。可以想見都是帳單，因為亞吉能一瞥之下，立予撕去。）

亞吉能：老林，來一杯雪利酒。

老　林：是，先生。

亞吉能：老林，明天我要見梁勉仁去了。

老　林：是，先生。

亞吉能：我大概要禮拜一才回來。你把我的出客裝，便裝，和梁勉仁的全副行頭，都拿出來吧。

老　林：是，先生。（遞上雪利酒。）

亞吉能：老林，希望明天是晴天。

老　林：明天從來不是晴天，先生。

亞吉能：老林啊，你是個徹底的悲觀論者。

老　林：我盡力而爲，求您滿意罷了，先生。

（傑克上。老林下。）

傑　克：眞是個有見識有頭腦的女孩子！這一輩子只有這女孩子令我喜歡。

（亞吉能狂笑起來。）你得意個什麼東西呀？

亞吉能：哦，我只是有點擔心可憐的梁勉仁，沒有別的。

傑　克：要是你不當心呀，你這位朋友梁勉仁總有一天會爲你招來嚴重的麻煩。

亞吉能：我喜歡麻煩呀。世界上只有麻煩這種事絕不嚴重。

傑　克：呸，又是胡說八道，阿吉。你一開口就是胡說八道。

亞吉能：誰開口不是這樣呢。

（傑克怒視著他，走了出去。亞吉能點起一枝菸，俯視袖口，笑了起來。）

——幕　落——

第二幕

布　景：大莊宅的花園。一道灰石的階級通向屋前。園中布置老式，開滿玫瑰。時為七月。一株大紫杉樹下擺著柳條椅，和一張滿置書本的桌子。

（可以發現勞小姐坐在桌前。西西麗在她背後澆花。）

勞小姐：（呼喊。）西西麗，西西麗！像澆花這種實際的工作，天經地義該由老梅來負責，輪不到你吧？尤其這時候，還有心靈上的享受在等著你。你的德文文法就在桌上，請你翻到十五頁。我們複習昨天的功課吧。

西西麗：（慢吞吞地走過來。）可是我不喜歡德文嘛。德文根本跟我不合。我很清楚，每次上過德文課，我的相貌就特別平庸。

勞小姐：孩子，你也知道你的監護人多指望你在各方面都有進步。昨天他在進城之前，還特別關照你要勤念德文呢。其實啊，每次他要進城，都關照你學德文。

西西麗：傑克叔叔好認眞啊！有時候看他那麼認眞，我還只當他不太舒服呢？

勞小姐：（正色說道。）你的監護人身體再好不過；像他這麼年紀還不算大，就舉止這麼端莊，眞是特別令人敬佩。沒見過有誰責任感像他這麼高的。

西西麗：我們三個人在一起的時候，他總有點不耐煩的樣子，想必就是這緣故吧。

勞小姐：西西麗！你眞是莫名其妙。華先生的日子煩惱重重，跟我們說話如果盡是嘻嘻哈哈瑣瑣碎碎的空談，豈非不倫不類。你別忘了那可憐的少年，他那弟弟，總是令他煩心。

西西麗：但願傑克叔叔能讓他弟弟，那可憐的少年，有時來我們鄉下。也許我們對他能好好起一點影響。我相信，您一定辦得到的。您知道德文啦，地理啦，諸如此類的東西，對男人的影響有多大。（西西麗記起日記來。）

勞小姐：（搖頭。）他自己的哥哥都承認他性格懦弱，意志動搖，到了不可救藥的地步；對這種人，我看連我也起不了什麼作用。老實說，我也不怎麼想要挽救他。一聲通知，就要把壞蛋變成好人，現代人的這種狂熱我也不贊成。惡嘛當然應有惡報。西西麗，你跟我把日記本收起來。我實在想不通你為什麼要記日記。

西西麗：我記日記，是要留下一生奇妙的祕密。要是我不寫下來，說不定就全忘光了。

勞小姐：一個人的記性才是可以隨身攜帶的日記，我的好西西麗。

西西麗：對呀，可是記住的通常都是些從沒發生過也絕不會發生的東西。我相信，「謬遞圖書館」寄給我們的那些三本一套的長篇小說，幾乎全是憑這種記憶寫出來的。

勞小姐：別這麼瞧不起三本頭的小說啊，西西麗。我自己呀早年也寫過一部呢！

西西麗：眞的嗎，勞小姐？您好聰明喲！希望不是好下場吧？我不喜歡小說好下場，看了令我太頹喪了。

勞小姐：好人好下場，壞人壞下場。這就是小說的意義。

西西麗：就算是吧。不過似乎太不公平了。您這小說出版了嗎？

勞小姐：唉！沒有。手稿不幸有失檢點。（西西麗吃了一驚。）我的意思是遺失了，或者忘記放在哪兒了。做你的功課吧，孩子，這些空想毫無益處。

西西麗：（微笑。）可是我看見蔡牧師從花園那邊過來了。

勞小姐：（起身相迎。）蔡牧師！歡迎，歡迎。

（蔡牧師上。）

蔡牧師：早，各位都好。勞小姐，您好。

西西麗：勞小姐正說她有點頭痛。蔡牧師，要是您陪她去公園裏散一下步，我想她一定會好過得多。

勞小姐：西西麗，我根本沒說我頭痛。

西西麗：是呀，勞小姐，我知道，可是剛才憑本能就感覺您在頭痛。其實啊，蔡牧師剛才進來的時候，我想的就是這件事，而不是我的德文課。

蔡牧師：希望你，西西麗，不至於心不在焉。

西西麗：哦，只怕我是有點心不在焉。

蔡牧師：那就奇怪了。要是我有幸做了勞小姐的學生，我一定會死盯著她的嘴唇。（勞小姐怒視著他。）我只是打個比喻：我的比喻來自蜜蜂。啊哈！看來華先生還沒從城裏回來吧？

勞小姐：我們等他禮拜一下午回來。

蔡牧師：啊對了，他禮拜天總喜歡在倫敦。他這種人不以享樂爲唯一的目的，可是聽別人說，他的弟弟，那可憐的少年，卻似乎只顧享樂。不過，我不該再打擾伊吉麗亞跟她的學生了。

勞小姐：什麼伊吉麗亞？我的名字是麗蒂霞呀，蔡牧師。

蔡牧師：（鞠躬。）這不過是一個典故，從異教的作品裏來的。晚禱的時候想必會再見兩位吧？

勞小姐：蔡牧師，我看我還是跟你去散步好了。我覺得自己眞的頭痛起來了，散一下步會好過些。

蔡牧師：歡迎歡迎，勞小姐。我們可以一直走到學校再回來。

勞小姐：那太好了。西西麗，我回來以前你可以讀你的經濟學。講盧比貶値的那一章太刺激了，可以跳過去，因爲就連這些響噹噹的問題也不免有鬧哄哄的一面。

（隨蔡牧師走出花園。）

西西麗：（拿起書來又摔回桌上。）死討厭的經濟學！死討厭的地理學！死討厭的德文！

（老梅用盤托一張名片上。）

老　梅：華任眞先生剛從車站坐車來。他還帶了行李。

西西麗：（拿起名片讀道。）「華任眞先生，學士。奧巴尼公寓西四號。」

傑克叔叔的弟弟！你跟他說華先生進城了嗎？

老　梅：說了，小姐。他好像很失望。我說您跟勞小姐正在花園裏。他說他急於跟您私下談一談。

西西麗：請華任眞先生來這兒吧。我看你最好叫管家爲他準備一個房間。

老　梅：是，小姐。

（老梅下。）

西西麗：我從來沒見過一個眞正的壞人，倒有點兒害怕。只怕他跟別人完全一樣。（亞吉能上，狀至輕快。）果然如此！

亞吉能：（舉帽。）你一定是我的小表妹西西麗了，我相信。

西西麗：你錯得有點離譜了吧。人家才不小呢。老實說，我相信在我這年齡我是特別高的了。（亞吉能頗感吃驚。）不過，我倒是你的表妹西西麗。你呢，看你的名片，正是傑克叔叔的弟弟，我的任眞表哥，我的壞表哥任眞。

亞吉能：哦！其實我一點兒也不壞，西西麗表妹。你千萬不能把我當壞人。

西西麗：如果你不是壞人，那你眞是一直在騙我們，騙得太不可原諒了。希望你不是一直在過雙重的生活，假裝是壞人，其實一直是好人。那就是僞君子了。

亞吉能：（愕然注視著她。）哦！我當然也胡鬧過的。

西西麗：聽你這麼說，我很安慰。

亞吉能：老實說，既然你提起了，我這人哪玩起小花樣來也壞得很呢。

西西麗：這，我認爲也不値得你自鳴得意，不過，我相信那種生活一定有趣得很。

亞吉能：遠比不上跟你在一起有趣。

西西麗：我不明白你怎麼會來這裏。傑克叔叔要禮拜一下午才回來呢。

亞吉能：那太掃興了。禮拜一上午我非坐第一班火車回城不可。我約了別人談公事，心心念念要……把它誤掉。

西西麗：你要誤約，非得在倫敦嗎？

亞吉能：是呀，約了在倫敦見呀。

西西麗：嗯，我當然知道，一個人如果對生命要保留一點美感，就有必要把公務上的約會誤掉；可是我還是認爲你不如等傑克叔叔回來了再說。我知道，他要跟你談談你移民的事情。

亞吉能：我的什麼事情？

西西麗：你移民的事情。他就是進城爲你買行裝去了。

亞吉能：我才不要傑克爲我買什麼行裝呢。他買領帶根本就沒有眼光。

西西麗：我看你不需要領帶吧。傑克叔叔打算送你去澳洲。

亞吉能：澳洲！我不如死掉。

西西麗：嗯，上禮拜三吃晚飯的時候，他說你必須在人間，天上，和澳洲之間做一個選擇。

亞吉能：哦，我想想看！澳洲也好，天上也好，我聽到的種種傳聞都不怎麼令人心動。人間已經很合我意了，西西麗表妹。

西西麗：不錯，可是你合人間的意嗎？

亞吉能：只怕我並不合人間的意。所以我需要你來改造。西西麗表妹，要是你無所謂，你不妨負起改造我的任務。

西西麗：只怕我今天下午沒空。

亞吉能：那麼，今天下午我就自己來改造，你總無所謂吧？

西西麗：你眞是天眞爛漫。不過，我看你應該試一試。

亞吉能：好啊。我已經覺得好一點了。

西西麗：你看起來氣色壞一點了。

亞吉能：因爲我肚子餓了。

西西麗：我眞糊塗。我應該記得，一個人要過全新生活的時候，三餐必須有規律，講衛生。那就進屋裏來吧？

亞吉能：謝謝你。我可以先插一朵襟花嗎？我每次要胃口好，得先插一朵襟花。

西西麗：那就插一朵紅玫瑰好嗎？（拿起剪刀。）

亞吉能：不用了，我比較喜歡粉紅色的。

西西麗：爲什麼呢？（剪下一朵花。）

亞吉能：因爲你就像一朵粉紅的玫瑰，西西麗表妹。

西西麗：我覺得你不該對我講這種話。勞小姐從來不跟我講這些東西的。

亞吉能：那勞小姐眞是一個近視的老太婆。（西西麗把玫瑰插在他的襟眼裏。）你是我生平見過的最美的女孩。

西西麗：勞小姐說，花容月貌都是陷阱。

亞吉能：這種陷阱，每一個懂事的男人都願意掉進去。

西西麗：哦，我看呀我倒不想捉住個懂事的男人。這種人，不知道該跟他說些什麼。

（兩人走進屋去。勞小姐和蔡牧師上。）

勞小姐：你太孤單了，蔡牧師。你應該結婚。一個人恨人類而要獨善其身，我可以了解——一個人恨女人而要獨抱其身，就完全莫名其妙！

蔡牧師：（帶著讀書人的震驚。）請相信我，我不值得你這麼咬文嚼字。原始教會的宗旨和實踐，顯然都是反對婚姻的。

勞小姐：（大發議論。）原始教會不能支持到現在，顯然就是這緣故。我的好牧師，你似乎還不明白，一個男人要是打定主意獨身到底，就等於變成了永遠公開的誘惑。男人應該小心一點；使脆弱的異性迷路的，正是單身漢。

蔡牧師：可是男人結了婚不照樣迷人嗎？

勞小姐：男人結了婚，沒一個迷人，除非迷自己的太太。

蔡牧師：我聽說呀，往往連自己的太太也迷不了。

勞小姐：那得看那女人的頭腦怎麼樣了。成熟的女人總是靠得住的。熟透了，自然沒問題。年輕女人呀根本是生的。（蔡牧師吃了一驚。）我這是園藝學的觀點。我的比喻來自水果。咦，西西麗哪兒去了？

蔡牧師：也許她剛才跟我們去學校了吧。

（傑克自花園背後慢步上。他穿著重喪之服，帽佩黑紗，手戴黑手套。）

勞小姐：華先生！

蔡牧師：華先生？

勞小姐：眞想不到。我們以爲你禮拜一下午才回來呢。

傑　克：（戚然和勞小姐握手。）我也沒打算這麼快就回來。蔡牧師，你還好嗎？

蔡牧師：親愛的華先生，你這一身悲哀的打扮，不會是表示大禍臨頭吧？

傑　克：都是爲我的弟弟。

勞小姐：又是亂花錢，欠了債，丟了臉嗎？

蔡牧師：還是在尋歡作樂過日子嗎？

傑　克：（搖頭。）死了！

蔡牧師：令弟任眞死了？

傑　克：死掉了。

勞小姐：教訓得好！我相信對他也有益處。

蔡牧師：華先生，請接受我衷心的哀悼。你這位做哥哥的一向最慷慨大度：只要你知道這一點，至少就可以自慰了。

傑　克：可憐的任眞！儘管他生前有不少缺點、這對我還是很大、很大的打擊。

蔡牧師：這打擊當眞不小。臨終時你在場嗎？

傑　克：不在場。他死在國外；在巴黎，不瞞您說。昨夜我才收到巴黎大旅館的經理拍來的電報。

蔡牧師：有沒有說怎麼死的呢？

傑　克：重傷風吧，好像是。

勞小姐：這都是報應。

蔡牧師：（舉手。）厚道一點吧，親愛的勞小姐，厚道一點！沒有人是十全十美的。我這人就特別敏感，吹不得風的。會運回來下葬嗎？

傑　克：不會。他好像表示過要葬在巴黎。

蔡牧師：葬在巴黎！（搖頭。）只怕臨終的時候，他的頭腦也還不太清楚。這家庭悲劇，你一定希望我下禮拜天略加暗示吧。（傑克激動地緊握他的手。）我在講道時可以發揮天降食物於荒野的意義：管它是什麼場合，無論是喜事或是像目前這樣的喪事，我的講道詞幾乎都派得上用場。（長歎。）秋收的慶典，施洗禮，堅信禮，禁慾或者歡樂的日子，我都拿它來證道。上一次我在大教堂用它講道，是爲一個叫「上層階級不滿情緒防止會」的團體義務募款。主教也在場，我打的幾個比喻都很令他感動。

傑　克：啊！對了，您不是提到施洗禮嗎，蔡牧師？您總也知道如何施洗吧？（蔡牧師愕然。）當然，我是說，您一直爲人施洗的，是不是？

勞小姐：說來也眞遺憾，這正是他身爲教區長在本教區經常要做的工作。我常勸窮人家少生孩子，可是他們似乎不懂節制的意義。

蔡牧師：華先生，你心目中有什麼孩子要領洗嗎？我看，令弟沒結過婚吧？

傑　克：沒有。

勞小姐：（恨恨然。）只顧著享樂的人都是這樣。

傑　克：倒不是有什麼孩子要領洗，蔡牧師。我很喜歡孩子。不是的！不瞞您說，是我自己要領洗，就在今天下午，要是您不忙別的事情。

蔡牧師：可是華先生，你應該早領過洗了呀？

傑　克：我什麼也不記得了。

蔡牧師：你是不是很不放心呢？

傑　克：我確實有這個意思。當然，不知道這件事會不會令您爲難，也不知道您會不會認爲我年紀太大了。

蔡牧師：怎麼會。成年人灑點水，或者當眞浸在水裏，全是合規矩的做法。

傑　克：浸在水裏！

蔡牧師：不用擔心。只要灑水就夠了；其實，我認爲還是灑水好。英國的天氣太不穩定了。你想什麼時候舉行儀式呢？

傑　克：哦，五點左右我可以來，只要您方便。

蔡牧師：好極了，好極了！五點鐘我正好要主持兩個相同的儀式。這一對雙生子事件，最近發生在府上領地靠外邊的農家裏。苦命的馬車伕簡金斯，沒人比他更賣力了。

傑　克：哦！我看哪，跟別的嬰孩在一起領洗，沒多大意思。太幼稚了。五點半行不行？

蔡牧師：太好了！太好了！（取出錶來。）啊，華先生，府上有喪事，我不再打攪了。只勸你不要過份哀傷。有些事看來像大禍臨頭，往往焉知非福。

勞小姐：照我看呀，這件事極其明顯，是福不是禍。

（西西麗從屋裏出來。）

西西麗：傑克叔叔！眞高興見你回來了。可是你這一身打扮多可怕！快去換掉它。

勞小姐：西西麗！

蔡牧師：小孩子！小孩子！（西西麗走向傑克；他憂愁地吻她的額頭。）

西西麗：怎麼啦，傑克叔叔？別這麼愁眉苦臉了！看你這樣子，像在牙疼；我可要叫你喜出望外。你猜是誰在飯廳裏？你的弟弟！

傑　克：誰？

西西麗：你的弟弟任眞呀。他來了快半小時了。

傑　克：這是從何說起！我根本沒有弟弟。

西西麗：啊，別這麼說。不管以往他對你有多壞，他總是你的弟弟呀。你總不能這麼無情，竟然不認他。我去叫他出來。你就跟他握一下手吧，好不好，傑克叔叔？（跑回屋內。）

蔡牧師：這眞是大好的喜訊。

勞小姐：他死了，大家也都認了；又這麼突然回來，我覺得特別令人難過。

傑　克：我弟弟會在飯廳裏？眞不懂這一切是什麼意思。我看全是胡鬧。

（亞吉能和西西麗牽手上。兩人徐徐走向傑克。）

傑　克：我的天哪！（揮手要亞吉能走開。）

亞吉能：約翰哥哥，我特別從城裏來向你說明：以前我爲你惹來種種麻煩，十分抱歉，從今以後我一定要好好做人了。（傑克對他怒視，不肯和他握手。）

西西麗：傑克叔叔，你總不至於不肯和自己的弟弟握手吧？

傑　克：說什麼我也不會跟他握手。我覺得他這麼下鄉來簡直可恥。原因他心裏有數。

西西麗：傑克叔叔，做做好事吧。每個人都有點善性的。剛才任眞還一直跟我說他的朋友梁勉仁先生，可憐多病，又說他常去探病。一個人能這麼照顧病人，能放下倫敦的享樂去守在痛苦的床邊，心地一定是很良善。

傑　克：哦！他一直在談梁勉仁是嗎？

西西麗：是呀，可憐的梁勉仁先生，身體壞得不得了，他什麼都告訴我了。

傑　克：梁勉仁！哼，我可不准他跟你談什麼梁勉仁不梁勉仁的。就這麼已經把人氣瘋了。

亞吉能：當然我承認錯都在我身上。可是老實說，約翰哥哥對我這麼冷淡，我覺得特別令人難過。我原來以爲我受的歡迎會熱烈得多，尤其這是我第一次來哥哥家。

西西麗：傑克叔叔，要是你不跟任眞握手，我就永遠不原諒你。
傑　克：永遠不原諒我？
西西麗：永遠，永遠，永遠！
傑　克：好吧，這是最後一次了，下不爲例。（和亞吉能握手，怒視對方。）
蔡牧師：能看到兄弟倆和好和初，眞令人高興，啊？我看，我們還是讓兩兄弟敘一敘吧。
勞小姐：西西麗，跟我們走吧。
西西麗：好極了，勞小姐。我的勸解已經小功告成。
蔡牧師：好孩子，你今天已經做了一件好事。
勞小姐：結論不要下得太早。
西西麗：我眞開心。
（眾人下，只剩傑克和亞吉能。）
傑　克：你這小混蛋，阿吉，你給我趕快滾出去。不准你在這裏玩兩面人的把戲。

（老梅上。）

老　梅：任眞先生的東西已經放在您隔壁房裏了，先生。就這麼行嗎？

傑　克：什麼？

老　梅：任眞先生的行李呀，先生。我已經都解開來，放到您隔壁房裏去了。

傑　克：他的行李？

老　梅：是呀，先生。三口大箱子，一只梳妝盒，兩只帽盒子，還有一只大野餐盒。

亞吉能：只怕這一次我頂多只能住一個禮拜。

傑　克：老梅，趕快預備小馬車。有人臨時叫任眞先生趕回城去。

老　梅：知道了，先生。（走回屋裏。）

亞吉能：你眞是個可怕的騙子，傑克。根本沒人叫我回城去呀。

傑　克：有的，當然有。

亞吉能：我可沒聽見誰在叫我。

傑　克：你身爲君子的責任，在叫你回去。

亞吉能：我做君子的責任，向來毫不妨礙我尋歡作樂。

傑　克：這我完全明白。

亞吉能：可是，西西麗眞是可愛呀。

傑　克：你不可以用這種口吻講賈小姐。我不喜歡。

亞吉能：哼，我還不喜歡你的衣服呢。你這一身打扮，眞滑稽死了。幹什麼還不上樓去換掉啊？人家在你家裏做客，明明要陪你住上一整個禮拜，你倒要爲人家重喪打扮，簡直是兒戲。這，我叫做作怪。

傑　克：管你做不做客，你絕對不可以在我這兒住上一整個禮拜。你非走不可……搭四點五分的火車走。

亞吉能：只要你還在守喪，我絕對不會把你丟下。那太不夠朋友了。要是我守喪，我看，你也會陪著我的。你要不陪我，我還會認爲你無情呢。

傑　克：那，我換了衣服你走不走呢？

亞吉能：好吧，只要你不耽擱太久。我從來沒見誰穿衣服要穿這麼久，而穿得這麼不體面的。

傑　克：哼，無論如何，比起你這麼老是穿過了頭，總要好些吧。

亞吉能：就算我偶然衣服穿過了頭吧，我總能把學問求過了頭來補償呀。

傑　克：你的虛榮可笑，你的行爲可恥，你竟然在我花園裏冒出來，簡直荒謬。不過你非搭四點五分的火車不可，祝你一路順利回城。這一次，你所謂的兩面人把戲，玩得不太成功吧。（走進屋去。）

亞吉能：我看倒是大大成功。我愛上了西西麗，這一點最重要。（西西麗從花園背後上。她拿起水壺，開始澆花。）可是我走前一定要見她，爲下一次來做兩面人預先安排。啊，她在那裏。

西西麗：哦，我只是來爲玫瑰澆水。我還以爲你跟傑克叔叔在一起呢。

亞吉能：他去爲我叫小馬車了。

西西麗：哦，他要帶你去兜風取樂嗎？

亞吉能：他要送我走了。

西西麗：那我們得分手了？

亞吉能：只怕是免不了。真令人難過。

西西麗：離開剛剛認識的人，總是令人難過的。老朋友不在身邊，倒可以心安理得地忍受。可是和剛剛介紹認得的人，就算是分離片刻，也教人幾乎受不了。

亞吉能：謝謝你這麼說。

（老梅上。）

老　梅：小馬車等在門口了，先生。（亞吉能求情地望著西西麗。）

西西麗：叫他等一下，老梅……等……五分鐘。

老　梅：知道了，小姐。

（老梅下。）

亞吉能：西西麗，如果我坦坦白白地說，對於我，你在各方面都似乎是盡善盡美的眼前化身，希望你不要見怪。

西西麗：我認爲，任眞，你的態度坦白，大可稱讚。要是你允許，我要把你的話記到我的日記裏去。（走到桌前，記起日記來。）

亞吉能：你眞的記日記嗎？我眞恨不得能看一看，可以嗎？

西西麗：哦不可以。（手按日記。）你知道，裏面記錄的不過是一個很年輕的女孩子私下的感想和印象，所以呢，是準備出版的。等到印成書的時候，希望你也郵購一本。可是拜託你，任眞，別停下來呀。我最喜歡聽人一邊說一邊記了。我已經到了「盡善盡美」。再往下說呀。我絕不嫌多。

亞吉能：（頗感驚訝。）呃哼！呃哼！

西西麗：唉，任眞，別咳嗽。一個人口述給人記錄的時候，應該滔滔不絕，不可以咳嗽的。再加上，我也不知道咳嗽的聲音怎麼拼法。（亞吉能一邊說，她一邊記。）

亞吉能：（說得很快。）西西麗，自從我第一次看見你美妙無比的容貌以來，我就大膽愛上了你，瘋狂地，熱情地，專心地，絕望地。

西西麗：我認為你不該對我說，你瘋狂地，熱情地，專心地，絕望地愛上了我。「絕望地」似乎不太對吧？

亞吉能：西西麗！

（老梅上。）

老　梅：馬車在等著呢，先生。

亞吉能：跟他說，下禮拜這個時候再來。

老　梅：（望著西西麗，但西西麗不動聲色。）是，先生。

（老梅下。）

西西麗：要是傑克叔叔曉得你一直要待到下禮拜這時候，他一定很不高興。

亞吉能：哦，我才不在乎傑克呢。除了你，世界之大我誰也不在乎。我愛你，西西麗。你肯嫁我吧？

西西麗：你這傻小子！當然肯了。哪，我們訂婚都已經三個月了。

亞吉能：已經三個月了？

西西麗：是呀，到禮拜四正好三個月。

亞吉能：可是我們是怎麼訂婚的呢？

西西麗：哪，自從傑克好叔叔當初對我們承認，說他有個弟弟很歹，很壞，你自然就成了我跟勞小姐之間的主要話題。同樣自然，一個男人老有人談起，總是迷人得很啊。你會覺得，不管怎樣，人家一定有他的道理。坦白說，我眞蠢，可是我早就愛上你了，任眞。

亞吉能：達令。那，訂婚又是什麼時候眞正訂的呢？

西西麗：是在今年的二月十四號。那時，你對我這個人一無所知，眞把我煩死了，我便下定決心好歹要把這件事了結，自我掙扎了很久之後，我便在這棵可愛的老樹下許給你了。第二天我就用你的名義買了這只小戒指；還有這只打了同心結的小手鐲，我答應了你要永遠戴著。

亞吉能：這是我給你的嗎？眞漂亮，是吧？

西西麗：是呀，你的眼光好得不得了，任眞。我一直說，就爲這緣故，你才不走正路啊。這盒子裏裝的，都是你的寶貝來信。（跪在桌前，打開盒子，拿出藍緞帶束起的信件。）

亞吉能：我的信！可是我的好西西麗，我從來沒寫信給你呀。

西西麗：這，用不著你來提醒我，任眞。我記得太清楚了，你這些信，都是我不得已才爲你寫的。我總是一個禮拜寫三封，有時還不止呢。

亞吉能：哦，讓我看一下好吧，西西麗？

西西麗：哦，絕對不行。你看了要得意死了。（放回盒子。）我解除婚約之後你寫給我的那三封信，文筆太美了，別字也太多了，就連我現在讀起來，也忍不住要流幾滴淚呢。

亞吉能：我們訂的婚有解除過嗎？

西西麗：當然有啊。是在今年三月二十二號。你要的話，可以看那天的記錄嘛。（展示日記。）「今天我跟任眞解除了婚約。我覺得還是這樣好。天氣還是很迷人。」

亞吉能：可是你到底爲什麼要解除呢？我做錯了什麼呢？我什麼錯也沒有呀。西西麗，聽你說解除了婚約，我眞是很傷心，尤其那一天的天氣還那麼迷人。

西西麗：婚約嘛至少應該解除一次，否則算得了眞心誠意的訂婚嗎？可是不出一個禮拜，我就原諒了你了。

亞吉能：（走到她面前跪下。）你眞是十全十美的天使，西西麗。

西西麗：你才是多情的痴少年呢。（他吻她，她用手指掠他的頭髮。）希望你的頭髮天生是捲的，是吧？

亞吉能：是呀，達令，也不免請人幫了忙。

西西麗：那太好了。

亞吉能：我們的婚約你再也不會解除了吧，西西麗？

西西麗：既然我已經眞見到你了，我想是沒辦法解除了。何況啊，不用說，你的名字還有關係呢。

亞吉能：是啊，那還用說。（神情緊張。）

西西麗：你可不要笑我，達令，我一向有個少女的夢想，想愛一個叫做任眞的人。（亞吉能站了起來，西西麗亦然。）這名字有股力量，教人絕對放心。無論什麼倒楣的女人結了婚而丈夫不叫任眞，我都可憐她。

亞吉能：可是，我的乖寶寶，萬一我的名字不叫任眞，你不會當眞就不愛我了吧？

西西麗：那，叫什麼呢？

亞吉能：哦，無論你喜歡什麼名字——亞吉能啦——譬如說……

西西麗：可是我不喜歡亞吉能這名字呀。

亞吉能：我親愛的、甜蜜的、多情的小乖乖，我實在不明白，你爲什麼要反對亞吉能這名字。這名字一點兒也不差，其實啊還有點兒貴族派頭呢。進破產法庭的仁兄裏面，有一半都名叫亞吉能。說正經的，西西麗……（向她走去。）……要是我名叫阿吉，難道你就不能愛我嗎？

西西麗：（起立。）要是你名叫亞吉能，我也許會敬重你，任眞，也許會佩服你的品格，不過只怕我沒辦法對你專心一意啊。

亞吉能：嗯哼！西西麗！（拿起帽子。）你們教區的牧師，我看哪，主持教會大大小小的儀式和典禮，應該是老經驗了吧？

西西麗：哦，當然了。蔡牧師是最有學問的人。他一本書也沒寫過，可見得他有多博學了。

亞吉能：我得馬上去找他，談一個最要緊的洗禮——我是說，一件最要緊的正事。

西西麗：哦！

亞吉能：我頂多半小時就回來。

西西麗：想想看，我們從二月十四號起早就訂了婚，可是直到今天我才第一次跟你見面，而現在你居然要離開我半小時之久，我覺得未免太苦了一點。減爲二十分鐘不行嗎？

亞吉能：我立刻就回來。

（吻她，然後衝出花園。）

西西麗：好衝動的男孩子喲！我太喜歡他的頭髮了。他向我求婚，日記裏一定要記下來。

（老梅上。）

老　梅：一位費小姐剛剛來訪，要見華先生。她說，有很要緊的事情。

西西麗：華先生不是在他書房裏嗎？

老　梅：華先生去牧師家那邊，走了沒多久。

西西麗：請那位小姐來這兒吧；華先生馬上就回來了。你可以拿茶來。

老　梅：是，小姐。（下。）

西西麗：費小姐！大概跟傑克叔叔在倫敦的慈善工作有關係，不外是那種善心的老太婆吧。我不太喜歡對慈善工作熱心的女人。我覺得她們太性急了。

（老梅上。）

老　梅：費小姐來了。

（關多琳上。）

（老梅下。）

西西麗：（迎上前去。）讓我來自我介紹吧。我叫西西麗，姓賈。

關多琳：西西麗？（趨前握手。）好甜的名字！我有個預感，我們會成爲好朋友。我對你的喜歡已經無法形容了。我對別人的第一印象從不會錯。

西西麗：你眞是太好了，才認識沒多久就這麼喜歡我。請坐吧。

關多琳：（仍然站著。）我可以叫你西西麗嗎？

西西麗：當然可以！

關多琳：你就從此叫我關多琳好嗎？

西西麗：就依你吧。

關多琳：那就一言爲定了，怎麼樣？

西西麗：但願如此。（稍停。兩人一起坐下。）

關多琳：也許應該乘這個好機會說一下我是誰。家父是巴勳爵。我看，你從來沒聽說過我爸爸吧？

西西麗：我想是沒有。

關多琳：說來令人高興，我爸爸呀一出了我家的大門，誰也不知道有這麼個人。我看本來就該如此。對我來說，家，才像是男人該管的世界。一旦男人荒廢了家庭的責任，他一定就變得陰柔不堪，你說是吧？我不喜歡男人這樣，因爲這樣的男人太動人了。西西麗，我媽媽的教育觀念哪特別古板，所以我長大後，變得全然目光如豆；這是她的規矩；所以嘛你不在乎我用眼鏡來打量你吧？

西西麗：哦！根本不在乎，關多琳。我最喜歡給人看了。

關多琳：（先用長柄眼鏡仔細觀察西西麗。）你是來此地短期作客吧，我猜。

西西麗：哦，不是的！我住在此地。

關多琳：（嚴厲地。）眞的嗎？那你的母親，或者什麼姑姑嬸嬸之類的長輩，一定也居住在此地了？

西西麗：哦，都不是的！我沒有母親，其實呀，我什麼親人都沒有。

關多琳：眞的嗎？

西西麗：我的監護人，在勞小姐的協助之下，負起照料我的重任。

關多琳：你的監護人？

西西麗：是啊，華先生是我的監護人。

關多琳：哦！眞奇怪，他從沒跟我提過，說他是什麼監護人呀。眞是會瞞人啊！這個人越來越有趣了。可是我還不敢說，我聽見這消息的心情，是百分之百的高興。（起身走向她。）我很喜歡你，西西麗；我一見到你就疼你了！可是我不得不說，既然我知道了華先生是你的監護人，我就恨不得你——比現在這付樣子，呃，年紀大些——而且相貌沒有這麼迷人。其實啊，要是我能坦白說——

西西麗：別客氣！我認爲一個人如果要說壞話，就應該說得坦坦白白。

關多琳：好吧，就說個痛痛快快。西西麗，我恨不得你實實足足有四十二歲，而且相貌比同年的女人要平凡得多。任眞的個性堅強而正直。

他簡直是眞理和道義的化身。他絕對不會見異思遷，也不會做假騙人。不過呢，就連人品最高貴的男人，也很容易被女人的美貌迷住。我所說的這種事情，有許多極端痛苦的實例，近代史可以提供給我們的，不下於古代史。否則的話，老實說，歷史也就不堪一讀了。

西西麗：對不起，關多琳，你說的是任眞嗎？

關多琳：是啊。

西西麗：哦，可是我那位監護人不是華任眞先生，而是他的兄弟——他的哥哥呀。

關多琳：（重新坐下。）任眞從沒跟我提起他有一個哥哥。

西西麗：很遺憾，告訴你吧，兩兄弟這些年來一直不和睦。

關多琳：啊！這就明白了。我再仔細一想，就從沒聽說誰會提起自己的兄弟呀。這話題，男人多半都覺得無聊。西西麗，你拿開了我心頭的一塊大石頭。我剛才簡直要急死了。像我們這種交情要是蒙上了一團疑雲，豈不是糟透了嗎？華任眞先生不是你的監護人，這一點，想必是千眞萬確的囉？

西西麗：當然千眞萬確。（稍頓。）其實啊，正要我做他的監護人呢。

關多琳：（責問地。）你說什麼？

西西麗：（略感害羞，但推心置腹地。）親愛的關多琳，我根本沒理由要瞞你。這件事，我們鄉下的小報紙下禮拜一定會登的。華任眞先生跟我已經訂了婚。

關多琳：（很有風度地，一面起身。）我的好西西麗，我看這件事恐怕是有點弄錯了吧。跟華任眞先生訂婚的是我。訂婚啓事最晚星期六會登在倫敦的《晨報》上。

西西麗：（很有風度地，一面起身。）只怕你是誤會了吧。任眞向我求婚，剛剛才十分鐘。（出示日記。）

關多琳：（用長柄眼鏡細看日記。）這眞是太奇怪了，因爲他求我嫁他，是在昨天下午五點三十分。要是你想查證這件事，請看吧。（拿出自己的日記來。）我沒有一次旅行不帶著日記。一個人搭火車啊總該看點夠刺激的東西。西西麗，如果我令你失望了，那眞是抱歉，不過，恐怕我有優先權。

西西麗：好關多琳，如果我害得你心裏或者身上痛苦，那我眞是說不出有多難過，可是我又不能不指出，任眞向你求婚之後，他顯然已經改變了主意。

關多琳：（沉思地。）要是那可憐人中了人家的計，糊裏糊塗答應了人家，我可要負起責任立刻去救他，手段還非堅定不可。

西西麗：（心事重重，面有愁容。）不管我那乖小子碰上了什麼倒楣的糾紛，婚後我絕對不會怪他。

關多琳：賈小姐，你暗示我是糾紛嗎？你好大的膽子。在這種關頭講老實話，不但是道德責任，而且是賞心樂事了。

西西麗：費小姐，你把我說成是用計騙任眞訂婚的嗎？你敢？膚淺而客套的假面具，現在該除下來了。我要是見到一頭鹿，就不會叫它做馬。

關多琳：（嘲諷地。）我倒樂於奉告，我從來沒見過一頭鹿。顯然我們的社交圈子大不相同。

（老梅領僕人上。他拿來一隻托物盤，一塊桌布，和一隻盤架。西西麗正要出言回敬。但在僕人面前只好忍住；因此兩個女孩更加惱怒。）

老　梅：像平常一樣把茶點放在這裏嗎，小姐？

西西麗：（嚴厲地，聲調強自鎮定。）嗯，像平常一樣。（老梅動手清理桌子，鋪上桌布。過了很久。西西麗和關多琳相對怒視。）

關多琳：這附近散步的好去處多不多，賈小姐？

西西麗：哦！有啊！多得很。就在很近的一座山頭上，可以看到五個縣。

關多琳：五個縣！我才不想看呢；我最討厭群眾了。

西西麗：（嬌媚地。）看來你就是因此才住在城裏的囉？（關多琳一面咬嘴唇，一面不安地用陽傘敲腳。）

關多琳：（四顧。）這花園整理得眞好，賈小姐。

西西麗：眞高興能討你喜歡，費小姐。
關多琳：想不到鄉下居然有花。
西西麗：哦，費小姐，此地有的是花，就像倫敦有的是人。
關多琳：我個人實在想不通什麼人能勉強住在鄉下，如果他是個人物的話。我一來鄉下，總是沉悶得要命。
西西麗：啊！這不就是報上所謂的農村低潮嗎？我相信，目前地主階級正大受其苦啊。聽說，這低潮在地主之間幾乎像傳染病一樣在蔓延。用點茶好嗎？費小姐？
關多琳：（做作的禮貌。）謝謝你。（旁白。）討厭的女孩子。可是茶呀又不能不喝！
西西麗：（嬌媚地。）要加糖嗎？
關多琳：（傲然。）不要，謝謝你。糖已經不吃香了。（西西麗怒視著她，拿起糖夾子，夾了四塊方糖到她的茶杯裏去。）
西西麗：（峻然。）要蛋糕還是牛油麵包？

關多琳：（厭煩地。）牛油麵包吧，麻煩你。這年頭，在最上等的人家也難得見到蛋糕了。

西西麗：（切下很大一塊蛋糕，放在盤上。）把這送給費小姐。

（老梅送罷蛋糕，和僕人同下。關多琳喝一口茶，皺起眉頭。她立刻放下茶杯，伸手去取牛油麵包，看了一眼，發現原來是蛋糕。勃然起身。）

關多琳：你在我茶裏放滿了方糖；雖然我清清楚楚地說要牛油麵包，你卻給了我蛋糕。我是出名的脾氣好，生性又特別甜，不過我要警告你，賈小姐，你未免太過份了。

西西麗：（起身。）管它什麼女孩子設下的圈套，爲了把我那又天眞又好騙的可憐少年救出來，再過份的事我也做得出。

關多琳：我一見到你就懷疑你了。我當時就覺得你說謊騙人。這種事向來瞞不了我。我對生人的第一印象從不出錯。

西西麗：我覺得呀，費小姐，我耽誤了你寶貴的時間了。附近這一帶，想必還有不少人家你要去登門拜訪，依樣畫葫蘆吧？

（傑克上。）

關多琳：（忽然看見他。）任眞！我的任眞！

傑　克：關多琳！達令！（趨前吻她。）

關多琳：（退後。）等一下！請問你是否跟這位年輕小姐訂了婚？（指著西西麗。）

傑　克：（大笑。）跟親愛的小西西麗訂婚！當然沒有！你這漂亮的小腦袋哪兒來的這念頭呀？

關多琳：謝謝你。現在可以了！（送上臉頰。）

西西麗：（十分嬌媚地。）我就料到一定是有什麼誤會，費小姐。此刻抱著你腰的這位先生，正是我的監護人，華約翰先生。

關多琳：你說什麼？

西西麗：他就是傑克叔叔。

關多琳：（退後。）傑克！哦！

（亞吉能上。）

西西麗：任眞來了。

亞吉能：（一直走向西西麗，完全沒有注意到別人。）我的愛人！（趨前吻她。）

西西麗：（退後。）等一下，任眞！請問，你有沒有跟這位年輕小姐訂了婚？

亞吉能：（四顧。）跟哪位年輕小姐呀？我的天！關多琳！

西西麗：是啊！跟我的天，關多琳，我是說跟關多琳。

亞吉能：（大笑。）當然沒有啦！你這漂亮的小腦袋哪兒來的這念頭呀？

西西麗：謝謝你。（送上臉頰待吻。）現在可以了。（亞吉能吻她。）

關多琳：我早就覺得有點不對勁，賈小姐。現在正抱著你的這位先生是我的表哥，亞吉能．孟克烈夫先生。

西西麗：（推開亞吉能。）亞吉能．孟克烈夫！哦！（兩個少女都走向對方，互相抱腰，狀若求救。）

西西麗：你叫亞吉能嗎？

亞吉能：我無可否認。

西西麗：哦！

關多琳：你的名字眞的是約翰嗎？

傑　克：（傲然而立。）只要我高興，我就可以否認。只要我高興，我什麼都可以否認。可是我的名字實實在在是約翰。這麼多年來一直是約翰。

西西麗：（向關多琳說。）我們兩個都上了大當了。

關多琳：我可憐的西西麗，眞傷心！

西西麗：我可愛的關多琳，眞冤枉！

關多琳：（慢慢地，認真地。）你叫我姊姊好嗎？（她們互相擁抱。傑克和亞吉能長吁短歎，踱來踱去。）

西西麗：（頗為活潑地。）我只有一個問題要問問我的監護人。

關多琳：好主意！華先生，我只想對你提出一個問題。你那弟弟任眞哪兒去啦？我們兩個都跟你弟弟任眞訂了婚，所以有一件事情相當緊要，就是要知道你弟弟任眞目前在哪裏。

傑　克：（慢慢地，遲疑地。）關多琳——西西麗——要逼我說眞話，太難過了。有生以來，這是我第一次淪落到這麼難堪的地步；做這種事情，我實在一點經驗也沒有。不過我可以很坦白地告訴你，我並沒有弟弟叫任眞。我根本沒有兄弟。我這一輩子從來沒有兄弟，將來也絕對不想要。

西西麗：（驚訝地。）根本沒有兄弟？

傑　克：（高興地。）根本沒有！

關多琳：（嚴厲地。）難道你哪一類的兄弟都沒有過嗎？

傑　克：（喜悅地。）從來沒有。什麼種類的都沒有。

關多琳：我看哪這件事簡單明瞭，西西麗，你我根本沒有跟誰訂婚。

西西麗：一位少女突然陷入這種絕境，眞是不太愉快啊，你說是嗎？

關多琳：我們還是進屋去吧。料他們也不敢跟進來。

西西麗：當然，男人最膽小了，你說是嗎？

（兩人滿臉鄙夷地走進屋去。）

傑　克：事情糟到這個地步，想必就是你所謂的兩面人功夫了？

亞吉能：對呀，這功夫眞是妙到頂點。這輩子我要過的兩面人把戲，就數這回最妙。

傑　克：哼，你根本沒資格來這兒耍這一套。

亞吉能：胡說八道。每個人都有資格去自己喜歡的地方耍兩面人的把戲。這道理，每一位嚴肅的兩面人都知道。

傑　克：嚴肅的兩面人！天曉得！

亞吉能：哪，一個人過日子要有點樂趣的話，總得對有些事情認眞。正好我認眞的是兩面人的把戲。你老兄究竟對什麼事認眞，我可是一點兒也不知道。對每樣事都認眞吧，我猜。你的性格太不識大體了。

傑　克：哼，這一整套混蛋的勾當裏頭，我只有一點兒安慰，就是你那朋友梁勉仁終於吹爆了。你不能像以前那樣老是往鄉下跑了啊，我的好阿吉。也未必不是件好事。

亞吉能：令弟的氣色不也有點欠佳嗎，我的好傑克？你也不能按照以前的壞習慣，動不動就躲到倫敦去了。也未必就是壞事啊。

傑　克：至於你對賈小姐的行爲，我必須指出，你竟然欺騙那樣一位單純、可愛又天眞的少女，簡直無可原諒。更別提她還是由我監護的了。

亞吉能：你竟能瞞過了像費小姐那樣聰明、能幹，而又老練到家的少女，我根本想不出你怎麼能自圓其說。更別提她還是我的表妹了。

傑　克：我不過要跟關多琳訂婚，別無他意。我愛她。

亞吉能：對呀，我也只要跟西西麗訂婚罷了。我崇拜她。

傑　克：你要娶賈小姐，根本沒緣份。

亞吉能：傑克，你要跟費小姐成親，我看也不大可能吧。

傑　克：哼，這跟你毫無關係。

亞吉能：要是跟我有關係，我才不講呢。（吃起鬆餅來。）講關係最俗氣了。只有政客那種人才講關係，而且只在飯桌上講。

傑　克：我們惹上了這麼大的麻煩，你怎麼還能坐在這兒心平氣和地吃什麼鬆餅，我實在不懂。你這個人好像全無良心。

亞吉能：哎呀，我總不能氣急敗壞地吃鬆餅呀。弄不好牛油就擦上了袖口。鬆餅嘛總應該心平氣和地吃。這是唯一的吃法。

傑　克：我是說在目前的情況下，你居然吃得下鬆餅，簡直毫無良心。

亞吉能：每當我有了麻煩，唯一的安慰便是吃東西。其實，凡我的熟朋友都會告訴你，每當我碰上了天大的麻煩，我什麼東西都不要，只要吃的跟喝的。此刻我吃鬆餅，是因為我心情不好。何況，我本來就特別愛吃鬆餅。（起身。）

傑　克：（起身。）哼，就為這緣故，也犯不著露出這付饞相把鬆餅一掃而光啊。（奪走亞吉能的鬆餅。）

亞吉能：（送上餅乾。）我看你吃點餅乾算了。我不愛吃餅乾。

傑　克：天啊！我以為一個人總可以在自己的花園裏吃自己的鬆餅吧。

亞吉能：可是你自己剛說過，吃鬆餅是毫無良心啊。

傑　克：我是說，在這種情況下你毫無良心。那完全是另一回事。

亞吉能：就算是吧。可是鬆餅是同樣的鬆餅。（他把一盤鬆餅又奪回來。）

傑　克：阿吉，求求你快走吧。

亞吉能：你總不能叫我餓著肚子走吧，簡直胡鬧。我從來不放棄晚餐的。誰都是這樣，除非是吃素的一類人。況且我剛才和蔡牧師約好，要他六點差一刻爲我施洗，命名我叫任眞。

傑　克：老兄，你還是快打消這妄想爲妙。我今早就約好了蔡牧師五點三十分爲我施洗，天經地義我會取名叫任眞。這是關多琳的意思。我們不能兩個人都取名叫任眞呀，太胡鬧了。況且，只要我高興，我絕對有資格領洗。有誰幫我施洗過，根本無法證明。我認爲很可能我從來就沒有領過洗，蔡牧師也這麼想。你的情形完全不同，你早領過洗了。

亞吉能：不錯，可是我沒領洗已經多少年了。

傑　克：是呀，可是你領過洗了。這一點最要緊。

亞吉能：一點也不錯。所以我知道我的體質受得了。如果你不很確定自己領過洗，老實說現在你才來碰運氣，我覺得有點危險。說不定會使你很不舒服喲。你總沒有忘記吧，你有個很近的親人，就在這個禮拜幾乎因爲重傷風死在巴黎。

傑　克：不錯，可是你自己說過，重傷風不是遺傳的。

亞吉能：以前不是，我知道——可是我敢說現在是了。萬事萬物，科學總有妙法加以改進。

傑　克：（端起鬆餅盤子。）哦，胡說八道；你總是胡說八道。

亞吉能：傑克呀，你又在拿鬆餅了！我求你放手吧，只剩兩塊了。（把兩塊都拿走。）跟你說過我特別愛吃鬆餅。

傑　克：可是我最恨餅乾。

亞吉能：那你究竟爲什麼又讓傭人拿餅乾來招待客人呢？你這個人的待客之道眞有意思！

傑　克：亞吉能！我早就叫你走了，我不要你在這兒。你怎麼還不走！

亞吉能：我的茶還沒喝完呢！鬆餅也還有一塊。

（傑克長吁短歎，頹然坐在椅上。亞吉能仍吃個不停。）

——幕落——

第三幕

布　景：大莊宅的客廳。
關多琳和西西麗站在窗口，望著花園。

關多琳：他們不立刻跟我們進屋子裏來，換了別人都會跟的；我覺得這表示他們還有一點羞恥之心。

西西麗：他們一直在吃鬆餅，這就像是有了悔意。

關多琳：（稍停。）他們好像一點兒也不注意我們。你不能咳嗽嗎？

西西麗：可是我沒有咳嗽呀。

關多琳：他們正望著我們呢。眞厚臉皮！

西西麗：他們走過來了。眞是太無禮了。

關多琳：我們要保持莊嚴的沉默。

西西麗：當然了，現在只好這樣。

（傑克上，後面跟著亞吉能。兩人吹著口哨，那調子是英國劇裏一般不堪的流行曲。）

關多琳：這種莊嚴的沉默產生的效果，好像並不愉快。

西西麗：簡直討厭極了。

關多琳：可是我們不會先開口。

西西麗：當然不會。

關多琳：華先生，有樣很特別的事情我要問你。你的答覆關係重大。

西西麗：關多琳，你的隨機應變眞是了不起。孟先生，下面有個問題請你回答我。你爲什麼要冒充我監護人的弟弟呢？

亞吉能：爲了找機會跟你見面呀。

西西麗：（對關多琳。）這解釋倒似乎令人滿意，你看呢？

關多琳：對呀，好妹妹，只要你信得過他。

西西麗：我才不呢。不過這並不妨礙他回答得美妙。

關多琳：對。處理重大的事情，最要緊的是格調，不是眞情。華先生，你假裝有一個弟弟，這件事你怎麼對我解釋呢？是不是爲了有機會經常進城來看我呢？

傑　克：你還不相信嗎，費小姐？

關多琳：我對這件事疑問可多了，不過我有意把它掃開。目前不是賣弄德國懷疑論的時候。（走向西西麗。）他們的解釋聽來都很令人滿意，華先生的尤其如此。我覺得，這好像眞理之印都蓋過了。

西西麗：我對孟先生的話已經太滿足了。單憑他的聲音就教人千信萬信。

關多琳：那你認爲我們應該饒了他們了吧？

西西麗：對。我是說不對。

關多琳：對！我都忘記了。這是原則的考驗，不能隨便讓步。我們兩個誰該來告訴他們呢？這個任務並不愉快。

西西麗：我們不可以兩個人一同說嗎？

關多琳：好主意！我幾乎總是跟人家同時開口的。你跟我配合好嗎？

西西麗：好極了。（關多琳豎起手指打拍子。）

關多琳、西西麗：（同時說。）你們的教名還是一大障礙，沒有解決。說完了！

傑克、亞吉能：（同時說。）我們的教名啊！就這麼件事嗎？今天下午我們正要去領洗呀。

關多琳：（對傑克。）爲了我的關係，你情願做這件苦事嗎？

傑　克：情願。

西西麗：（對亞吉能。）爲了討我好，你甘心接受這可怕的考驗嗎？

亞吉能：甘心！

關多琳：講什麼兩性的平等，眞是荒唐！從自我犧牲的問題看來，男人呀超過我們多少倍了。

傑　克：我們是這樣啊。（和亞吉能一同鼓掌。）

西西麗：有時候男人的皮肉之勇，絕非我們女人所能想像。

關多琳：（對傑克。）達令！

亞吉能：（對西西麗。）達令！（兩對情人互投懷抱。）

（老梅上。看到這場面，他一面走進來，一面大聲咳嗽。）

老　梅：嗯哼！嗯哼！巴夫人來訪！

傑　克：天哪！

（巴夫人上。兩對情人驚惶地分開。）

（老梅下。）

巴夫人：關多琳！這是什麼意思！

關多琳：沒什麼，媽，我跟華先生訂了婚。

巴夫人：你過來。坐下來，趕快坐下來。猶豫不決，無論是什麼形態，都顯示青年人的智力衰退，老年人的體力虛弱。（轉向傑克。）華先生，我女兒突然逃走的消息，是她那可靠的女僕告訴我的；我只花一個小錢就買到她的祕密了，於是立刻搭了行李車追了來。我不妨告訴你，關多琳的父親很不高興，還以爲她是去大學校外進修部聽一個其長無比的演講，叫什麼「固定收入對思想的影響」的呢。我也不想告訴他眞相了。老實說，無論什麼問題，我從來都不把眞相告訴他。我認爲不應該告訴。可是你應該明白，從此刻起，你跟我女兒之間的一切來往都必須立刻停止。對這件事，就像對一切的事情一樣，我絕不通融。

傑　克：我已經跟關多琳訂了婚呀，巴夫人！

巴夫人：你根本沒有，華先生。現在，輪到亞吉能……亞吉能！

亞吉能：在這兒哪，歐姨媽。

巴夫人：請問你那位病鬼朋友梁勉仁先生，是不是也住在這屋子裏呀？

亞吉能：（遲疑地。）啊！沒有！梁勉仁不住在這兒。梁勉仁目前去了別處。其實嘛，梁勉仁死了。

巴夫人：死了！梁勉仁先生幾時死的？他一定死得非常突然啊。

亞吉能：（輕描淡寫地。）啊！今天下午我把他結果了。我是說，苦命的梁勉仁今天下午死了。

巴夫人：他怎麼死的呢？

亞吉能：梁勉仁呀？哦，他整個爆發了。

巴夫人：爆發了？難道他做了暴力革命的犧牲品了嗎？我倒不曉得梁勉仁先生對社會的法律發生了興趣。要眞是這樣，他的毛病也是罪有應得。

亞吉能：親愛的歐姨媽，我是說他被人發現了！醫生發現梁勉仁活不成了，我是這個意思——所以梁勉仁死了。

巴夫人：他好像非常信賴醫生的高見。不過我很高興，他終於下了決心斷然採取行動，而且是在正當的醫學指導下行事。現在我們總算擺脫了這位梁勉仁先生；我請問你，華先生，那位少女，一隻手我外甥正握著的，那姿勢我覺得大可不必那麼奇怪，她是誰呀？

傑　克：這少女是西西麗，賈小姐；我是她監護人。（巴夫人對西西麗冷冷地點頭。）

亞吉能：我跟西西麗也訂了婚，歐姨媽。

巴夫人：你說什麼？

西西麗：孟先生跟我訂婚了，巴夫人。

巴夫人：（愕然一震，一直走到沙發前坐下。）我不知道在厚福縣，尤其是在這一帶，是不是空氣裏有什麼特別令人興奮的東西，可是忙著訂婚的人數，比起統計數字明文規定的平均數來，可超出一大截了。我看呢也不妨由我先調查一下。華先生，賈小姐和倫敦大一點兒的火車站有什麼關係沒有？我只想了解一下。一直到昨天，我才聽說也有家庭或者個人，是把人家的終點當做自己的來歷的。（傑克看來非常憤怒，卻忍住了。）

傑　克：（聲音清晰而冷峻。）賈小姐的祖父，已故的賈湯姆先生，住在倫敦西南區貝爾格瑞夫廣場一四九號；塞瑞縣道京鎮格爾維斯公園；蘇格蘭風笛縣毛皮袋莊子。

巴夫人：聽起來倒也不差。就算是做生意的人家，有三個地址總是教人放心的。可是我怎麼證明這些地址是眞的呢？

傑　克：當年的《法庭指南》我一直留心保存著的。歡迎您檢查，巴夫人。

巴夫人：（嚴峻地。）我見過那種書，有的地方錯得離譜。

傑　克：賈小姐的家庭法律代表是「馬克貝，馬克貝，馬克貝事務所」。

巴夫人：「馬克貝，馬克貝，馬克貝」呀？在這一行是最有地位的字號了。說眞的，我聽說其中有一位馬克貝先生偶爾也能在上流的宴會上露面。問到這裏爲止，我還算滿意。

傑　克：（很煩躁地。）您眞是太客氣了，巴夫人！我手頭還有些證件，您聽了一定高興：賈小姐的出生啦，洗禮啦，百日咳啦，註冊啦，種痘啦，堅信禮啦，還有痲疹啦，管它德國痲疹還是英國痲疹，統統都有證明。

巴夫人：哎呀！這一生也夠多事的了，我看得出；不過呢對一位少女也未免太刺激了一點。我個人並不贊成早熟的經驗！（起身，看錶。）關多琳！時間快到了，我們該走了。一刻也不能耽誤了。照規矩呢，華先生，我還是該問你一聲，賈小姐有沒有一點兒財產？

傑　克：哦！有政府公債，大約是十三萬鎊。就這一樣了。再見了，巴夫人，眞是幸會。

巴夫人：（重新坐下。）別忙呀，華先生。十三萬鎊！還是公債券哪！我現在仔細看看賈小姐，才覺得她是個絕頂動人的少女。這年頭難得有女孩子能具備踏踏實實的品格，不管是什麼又能耐久又不斷進步的品格。真遺憾，我們是生活在只講表面的時代。（對西西麗。）你過來這邊，乖孩子。（西西麗一直走過去。）這孩子多漂亮！不幸你穿得太簡單了，你的頭髮呢幾乎生下來之後就由得它這樣，可是這一切很快就可以改過來。只要找一個十分老練的法國女僕，不要多久的工夫就能造成眞正奇妙的效果來了。我記得介紹了這麼一個給年輕的蘭夫人，三個月之後連她自己的丈夫也認不出她來了。

傑　克：六個月之後呢誰也不認她了。

巴夫人：（怒視傑克片刻。然後低下頭來，帶著熟練的笑容，對著西西麗。）請你轉過身去，乖孩子。（西西麗轉了一整圈。）不是的，我要看你的側面。（西西麗側身對她。）對，完全如我所料。你的體態顯然有社交的潛力。我們這時代的兩個弱點，是缺乏原則，又缺乏姿態。下巴抬高一點，乖孩子。一個人的派頭主要是靠下巴的姿態。目前嘛，大家的下巴都抬得很高。亞吉能！

亞吉能：在這兒哪，歐姨媽！

巴夫人：賈小姐的體態顯然富於交際的潛力。

亞吉能：西西麗是世上最甜蜜、最親愛、最漂亮的女孩。我才不管它什麼交際的潛力呢。

巴夫人：絕對不要小看社交，亞吉能。只有打不進社交圈子的人才會這樣說。（對西西麗。）好孩子，你當然知道亞吉能是什麼都靠不住的，除了他的債務。可是我並不贊成爲錢結婚。我嫁給巴大人的時候，自己根本沒有嫁妝。可是我當時絕對無意就讓這件事把我困倒。好吧，看來我只有答應你們了。

亞吉能：謝謝您了，歐姨媽。

巴夫人：西西麗，你可以吻我一下！

西西麗：（吻她。）謝謝您，巴夫人。

巴夫人：以後你也可以叫我歐姨媽了。

西西麗：歐姨媽。

巴夫人：婚禮嘛，我看，不如乘早舉行。

亞吉能：謝謝您，歐姨媽。

西西麗：謝謝您，歐姨媽。

巴夫人：老實說，我不喜歡訂婚拖得太久。一拖久了，兩個人還沒結婚就會看穿了對方的性格；我認爲這絕對不妥當。

傑　克：對不起要打斷您一下，巴夫人，他們倆根本不能訂婚。我是賈小姐的監護人，她在成年以前不得我允許就不能結婚。她這婚事我絕對不允許。

巴夫人：憑什麼，請問？亞吉能這種青年人，不但十分合格，幾乎可以說過份合格了。他一無所有，可是看上去無所不有。還有什麼不滿足的呢？

傑　克：巴夫人，我眞是遺憾，談到您外甥不能不把話說明白，其實啊我根本不欣賞他的人品。我懷疑他做人不誠實。（亞吉能和西西麗望著他，又驚又怒。）

巴夫人：做人不誠實！我的外甥亞吉能？絕對不可能！他是牛津畢業的。

傑　克：只怕這件事是不容分辯吧。今天下午，乘著我去倫敦處理一個重要的浪漫問題，暫時離家的時候，他居然冒充我弟弟混進我家裏來。管家剛才告訴我說，他用的是假名，還喝光了我家一品脫裝的整整一瓶百喜瑞牌的八九年份名貴香檳；這種酒呀我特地留著自己喝的。他一路無恥地騙下去，一下午的時間居然分化了唯一受我監護的少女對我的感情。之後他一直賴到下午茶的時候，吃得一塊鬆餅也不剩。而使得他的行爲更無情無義的，是他早就一清二楚：我現在沒有兄弟，過去絕無兄弟，將來也不想有兄弟，不管是什麼樣的兄弟。昨天下午我就清清楚楚親口告訴他了。

巴夫人：嗯哼！華先生，經過仔細考慮，我決定完全不管我外甥對你的行爲。

傑　克：您倒是慷慨得很哪，巴夫人。不過我的決定不能改。我不答應。

巴夫人：（對西西麗。）你過來，乖孩子。（西西麗走了過來。）你多大了，乖乖？

西西麗：嗯，我其實呀只有十八，可是每逢參加晚會，都自認是二十歲。

巴夫人：略爲改動一下，完全是應該的。其實嘛，女人報年齡也不用那麼準確。那顯得太計較了……（作沉思狀。）十八歲，可是在晚會上自認有二十。對呀，不要多久你就成年，不再受監管的約束了呀。所以我認爲你的監護人允不允許，根本無關緊要。

傑　克：對不起，巴夫人，要再打斷您一下；爲了公平起見，應該告訴您，根據賈小姐的祖父遺囑上的規定，她要到三十五歲才達法定年齡。

巴夫人：我看這也不是什麼大問題。三十五歲正迷人得很。倫敦這社會呀多少出身高貴的女人都心甘情願，一年又一年，停留在三十五歲。鄧夫人就是個好例子。據我所知，她自從許多年前滿了四十以來，就一直算三十五了。我看哪，我們的西西麗到了你說的年齡，只有比現在更迷人。那時她的財產就愈積愈多了。

西西麗：阿吉，你能等到我三十五歲嗎？

亞吉能：我當然能了，西西麗。你知道我能等的。

西西麗：是啊，我憑本能也感覺得出，可是我等不了那麼久。我最恨等人了，就算是等五分鐘。我，等人就有點火氣。我自己不守時，我知道，可是我喜歡別人守時，而要等別人，就算爲了結婚，我也辦不到。

亞吉能：那又怎麼辦呢，西西麗？

西西麗：我不知道，孟先生。

巴夫人：我的好華先生，賈小姐既然一口咬定她等不到三十五歲——這句話，老實說，我覺得顯得性急了一點兒——我就求你呀再考慮一下吧。

傑　克：可是親愛的巴夫人，這件事完全操在您的手上。只要您允許我跟關多琳的婚事，我非常樂意立刻讓您的外甥跟受我監護的人成親。

巴夫人：（起身凜然說。）你應該很明白，這建議絕對辦不到的。

傑　克：那不管是誰，只能指望滿腔熱情過單身的日子了。

巴夫人：這正是我爲關多琳安排的命運。亞吉能嘛，當然可以自己選擇。（拉出掛錶。）走吧，好孩子，（關多琳起身。）我們誤掉的火車，沒有六班，也有五班了。再誤的話，就要給人在月臺上說閒話了。

（蔡牧師上。）

蔡牧師：洗禮的事情全準備好了。

巴夫人：洗禮的事情，牧師！這不是太早了一點嗎？

蔡牧師：（頗感困惑，指著傑克和亞吉能。）這兩位先生都表示過要立刻領洗。

巴夫人：在他們這個年紀？這念頭簡直怪誕而輕狂！亞吉能，不准你領什麼洗。我不許你這麼胡來。巴大人知道了你把自己的時間和金錢這樣子糟蹋掉，可要大不高興的。

蔡牧師：那麼，我看今天下午是不用舉行什麼洗禮了吧？

傑　克：蔡牧師，照目前的情況看來，我認爲，領洗對我們兩個人都不會有多大實際的好處。

蔡牧師：聽你說出這種情緒的話，華先生，我眞是難過。這種情緒頗有再洗禮派異端邪說的味道，類此的邪說我在四篇尙未出版的證道詞裏早已痛加反駁了。不過呢，既然你目前的心情似乎特別入世，我就立刻回教堂去吧。其實啊教堂的管理員剛通知我，勞小姐在聖器室裏已經等了我一個半小時了。

巴夫人：（警覺地。）勞小姐！你剛才提到一位勞小姐嗎？

蔡牧師：是呀，巴夫人。我正要去會她呢。

巴夫人：請容我耽誤你片刻。這件事對巴大人跟我說不定有重大的關係。這位勞小姐是不是面目可憎，跟教育界也算拉得上一點兒關係呀？

蔡牧師：（略表不悅。）勞小姐非常有修養，可以說是高雅的榜樣。

巴夫人：顯然就是這個人了。請問她在府上是什麼身份啊？

蔡牧師：（正色地。）我是個單身漢，夫人。

傑　克：（插嘴。）巴夫人，勞小姐是賈小姐可敬的家庭教師，可貴的家常伴侶，已經有三年了。

巴夫人：儘管我聽到她不少閒話，我還是要立刻見她。派人去叫她吧。

蔡牧師：（望著遠處。）她正來了；她走近了。

（勞小姐匆匆上。）

勞小姐：他們說你要我去聖器室等你，蔡牧師，我在那兒等了你一小時又三刻鐘了。（忽見巴夫人冷冷地瞪著她，不禁臉色轉白，畏縮不前，並惶然四顧，似乎有意逃走。）

巴夫人：（語氣嚴厲，如在審判。）姓勞的！（勞小姐慚愧地垂頭。）你過來，姓勞的！（勞小姐恭恭敬敬地走了過去。）姓勞的！那小孩哪兒去了？（眾人大驚。蔡牧師悚然一退。亞吉能和傑克佯裝神色不安，深恐西西麗和關多琳聽到家醜外揚的可怕詳情。）二十八年以前，姓勞的，你從上格羅夫納街一〇四號巴夫人的家裏出門，負責推一輛搖籃車，裏面睡一個小男孩。從此你一去不回。幾個禮拜之後，倫敦區警察經過嚴密的調查，有一天半夜裏找到了那搖籃車，孤伶伶地給丟在貝斯瓦特荒僻的街角。車裏只有那種三本頭小說的手稿，言情之肉麻過火，比同類的作品更令人嘔心。（勞小姐不禁勃然變色。）可是小孩呢不見了！（眾人齊望著勞小姐。）姓勞的！那小孩哪兒去了？（少停。）

勞小姐：巴夫人，眞是慚愧，我必須承認毫不知情。要是我知道就好了。這件事直截了當是這樣的。您說的那個日子永遠刻印在我的心頭；那天早上，我照例準備把孩子放在搖籃車上推出門去。同時我帶了一只有點舊了的大手提袋，想要把我難得抽空寫好的一本小說稿子放在袋裏。一時心不在焉，我誤把稿子放在車上，孩子反而放在袋裏；這件糊塗事我永遠不能原諒自己。

傑　克：（一直全神傾聽。）可是你把那手提袋又放在哪兒了呢？

勞小姐：不要問我，華先生。

傑　克：勞小姐，這件事對我非常重要。我一定得知道你把裝了嬰孩的那只手提袋放到哪兒去了？

勞小姐：我把它留在倫敦一個大火車站的行李間了。

傑　克：哪一個火車站呢？

勞小姐：（一敗塗地。）維多利亞。去布萊敦的月臺。（頹然坐下。）

傑　克：我要回自己房裏去一下。關多琳，你在這兒等我。

關多琳：只要你不去太久，我可以在這兒等你一輩子。

（傑克十分激動地下。）

蔡牧師：您認爲這事情況如何，巴夫人？

巴夫人：我連猜都不敢亂猜，蔡牧師。不用我說你也可想，巧合的事情照理不會發生在高貴的家庭。這些事大家都覺得反常。

（樓上傳來噪音，像有人在亂丟箱子。眾人都仰望。）

西西麗：傑克叔叔好像衝動得很呢。

蔡牧師：你的監護人是很任性。

巴夫人：這聲音眞吵死人了，聽來好像他在跟人辯論。什麼樣的辯論我都不喜歡。辯來辯去，總令我覺得很俗氣，又往往覺得有道理。

蔡牧師：（仰望。）現在停了。（聲響加厲。）

巴夫人：但願他能有結論。

關多琳：這麼懸而不決，眞要命。希望它一直懸下去。

（傑克提著一只黑皮手提袋上。）

傑　克：（一直衝到勞小姐面前。）就是這只手提袋嗎，勞小姐？您先仔細檢查一下再開口。您的答案不單是關係一個人的幸福。

勞小姐：（平靜地。）看來像是我的。對了，這裏就是在我年輕快樂的時代，高爾街一輛公共馬車翻了下來，把它碰壞了的。這襯裏上的斑點是普通飲料潑上去的，這件事發生在利明敦溫泉。這裏哪，就在鎖上，有我的名字縮寫。我都忘了，當年一時豪興大發，是我叫人刻上去的。這提袋沒問題是我的。眞高興這麼突如其來又物歸原主。這些年這東西不在手邊，還眞是大不方便呢。

傑　克：（聲調悽愴。）勞小姐，物歸原主的還不止這提袋呢。我就是您放在裏面的那孩子。

勞小姐：（愕然。）你？

傑　克：（抱她。）是啊……媽媽！

勞小姐：（向後退，又驚又怒。）華先生！我沒結過婚！

傑　克：沒結過婚！我不否認這打擊很重大。可是話說回來，誰又有資格對吃盡苦頭的人扔石頭呢？一時的糊塗難道不能用懺悔來消除嗎？爲什麼管男人是一套規矩，管女人又是一套規矩呢？媽，我原諒您。

（又想要抱她。）

勞小姐：（更加憤怒。）華先生，你弄錯了。（指著巴夫人。）你到底是誰，那位夫人可以告訴你。

傑　克：（稍停。）巴夫人，我最不喜歡問長問短，可是能否請您見告我是誰？

巴夫人：只怕我要告訴你的消息未必完全令你高興。你是我可憐的姊姊孟太太的兒子，所以也就是亞吉能的哥哥。

傑　克：阿吉的哥哥！那說來說去，我是有一個弟弟了。我早知道我有弟弟的！我一直說我是有弟弟的呀！西西麗，你怎麼可以懷疑我沒有弟弟呢？（一把抓住亞吉能。）蔡牧師，這是我苦命的弟弟。勞小姐，這是我苦命的弟弟。關多琳，這是我苦命的弟弟。阿吉能，你這小壞蛋，將來你對我可得尊敬些了。你這一輩子還從來沒把我當哥哥看待呢。

亞吉能：唉，一直到今天都還沒有，老兄，我承認。雖然我荒廢了很久，可是我盡力而爲。

（兄弟兩人握手。）

關多琳：（對傑克。）我親愛的！可是親愛的什麼呢？現在你已經變了一個人，你的教名到底是什麼呢？

傑　克：天哪！……這一點我全忘了。說到我的名字，你的決定是一成不變的了，我看？

關多琳：我從來不變的，除非是變心。

西西麗：你的性情太高貴了，關多琳！

傑　克：那這問題最好立刻能澄清。歐姨媽，等一下。勞小姐把我掉在手提袋裏的時候，我是否已經領過洗呢？

巴夫人：只要是錢能買到的奢侈品，包括洗禮在內，你那痴心溺愛的父母沒有不爲你亂買的。

傑　克：那我是有領洗！這一點是解決了。那，我取的是什麼名字呢？再壞的名字也告訴我吧。

巴夫人：你是長子，當然跟著父親取名字。

傑　克：（焦急地。）是啊，可是我父親的教名又叫什麼呢？

巴夫人：（尋思。）將軍的教名叫什麼，我一時也想不起來了。不過，我相信他是有個教名的，這人性情古怪，我不否認。不過也是到晚年才那樣。那都是因爲印度的天氣，加上結婚啦，不消化啦，諸如此類的關係。

傑　克：阿吉！你記得起我們的父親是什麼教名嗎？

亞吉能：老兄，我跟他從來沒說過一句話呀。他死的時候，我還沒滿週歲呢。

傑　克：歐姨媽，我看，他的名字總會收進當時的陸軍軍官名冊裏吧？

巴夫人：將軍本性是愛好和平的人，只有在家是例外。可是我相信，什麼軍人手冊都會列他的姓名的。

傑　克：四十年來的陸軍軍官名冊我這兒都有。我早就應該經常翻看這些有趣的記錄了。（衝向書架，急取書本。）M部，將官級……馬拉姆，馬克司邦，馬格利，什麼怪姓都有——馬克貝，米克貝，莫伯司，孟克烈夫！中尉，一八四〇；上尉，中校，上校，少將，一八六九；教名，任眞．約翰。（靜靜把書放下，十分安詳地說。）關多琳，我一向告訴你我的名字叫任眞，對吧？哪，果然是任眞。我說，當然是任眞嘛。

巴夫人：對了，現在我記起將軍是叫任眞。我早就知道，我不喜歡這名字，
　　　　一定有什麼特別的原因。
關多琳：任眞啊，我的親任眞！我一開始就覺得你不會有別的名字！
傑　克：關多琳，一個人突然發現，自己一輩子講的全是眞話，太可怕了。
　　　　你能原諒我嗎？
關多琳：當然。因爲我覺得你一定會變。
傑　克：這才是我的關多琳！
蔡牧師：（對勞小姐。）麗蒂霞！（抱她。）
勞小姐：（興奮地。）非德烈！終於等到了！
亞吉能：西西麗！（抱她。）終於等到了！
傑　克：關多琳！（抱她。）終於等到了！
巴夫人：我的外甥啊，你好像太拘泥細節了。
傑　克：正好相反，這一輩子直到現在我才發現：要做人非做認眞不可。

（眾人靜止如畫。）

——幕　落——

一九八三年三月十五日譯畢於沙田

與王爾德拔河記

——《不可兒戲》譯後

《不可兒戲》（The Importance of Being Earnest）不但是王爾德最流行最出色的劇本，也是他一生的代表傑作。批評家對他的其他作品，包括詩與小說，都見仁見智，唯獨對本劇近乎一致推崇，認為完美無陷，是現代英國戲劇的奠基之作。王爾德自己也很得意，叫它做「給正人看的閒戲」（a trivial comedy for serious people），又對人說：「不喜歡我的五個戲，有兩種不喜歡法。一種是都不喜歡，另一種是只挑剩《不可兒戲》。」

然而五四以來，他的五部戲裏，中國人最耳熟的一部卻是《少奶奶的扇子》（Lady Windermere's Fan）。這是一九二五年洪深用來導演的改譯本，由上海大通圖書社出版。此劇尚有潘家洵的譯本，名為《溫德米爾夫人的扇子》。兩種譯本我都未看過；不知誰先誰後。其他的幾部，據說曾經中譯者尚有《莎樂美》和《理想丈夫》；《莎樂美》譯者是田漢，《理想丈夫》的譯者不詳。至於《不可兒戲》，則承宋淇見告，他的父親春舫先生曾有中譯，附在《宋春舫論劇》五冊之中，卻連他自己也所藏不全了。剩下最後的一部《不要緊的女人》，未聞有無譯本。

六十年來，王爾德在中國的文壇上幾乎無人不曉。早在一九一七年二月，陳獨秀的〈文學革命論〉裏，就已把他和歌德、狄更斯、雨果、左拉等並列，當做取法西洋文學的對象了。然而迄今他的劇本中譯寥落，究其原因或有三端。一是唯美主義的名義久已成為貶詞，尤為寫實的風尚所輕。二是王爾德的作品說古典不夠古，說現代呢又不夠新。但是最大的原因，還是王爾德的對話機鋒犀利，妙語逼人，許多好處只能留在原文裏欣賞，不能帶到譯文裏去。

我讀《不可兒戲》，先後已有十多年；在翻譯班上，也屢用此書做口譯練習的教材，深受同學歡迎。其實不但學生喜歡，做老師的也愈來愈入迷。終於有一天，我認為長任這麼一本絕妙好書鎖在原文裏面，中文的讀者將永無分享的機會，真的是「悠然心會，妙處難與君說。」要說與君聽，只有動手翻譯。

當然，王爾德豈是易譯之輩？《不可兒戲》裏的警句雋言，真是五步一樓，十步一閣，不，簡直是五步一關，十步一寨，取經途中，豈止八十一劫？梁實秋說得好：英文本就不是為翻譯而設。何況王爾德當年寫得眉飛色舞，與會淋漓，怎麼還會為未來的譯者留一條退路呢？身為譯者，只有自求多福，才能絕處逢生了。

我做譯者一向守一個原則：要譯原意，不要譯原文。只顧表面的原文，不顧後面的原意，就會流於直譯、硬譯、死譯。最理想的翻譯當然是既達原意，又存原文。退而求其次，如果難存原文，只好就逕達原意，不顧原文表面的說法了。試舉二例說明：

Algernon: How are you, my dear Ernest? What brings you up to town?

Jack: Oh, pleasure, pleasure! What else should bring one anywhere?

這是第一幕開始不久的對話。傑克的答話，如果只譯原文，就成了「哦，樂趣，樂趣！什麼別的事該帶一個人去任何地方嗎？」這樣，表面是忠於原文了，其實並未照顧到原意，等於不忠。這種直譯，真是「陽奉陰違」。我的譯文是「哦，尋歡作樂呀！一個人出門，還為了別的嗎？」

Lady Bracknell: Where is that baby?

Miss Prism: Lady Bracknell, I admit with shame that I do not know.

I only wish I could.

這是第三幕接近劇終的一段，為全劇情節所繫，當然十分重要。答話的第二句如果譯成「我但願我能夠知道」，錯是不錯，也聽得懂，可是不傳神，所以無力。我把它譯成「要是我知道就好了」。這雖然不是原文，卻是原意。要是王爾德懂中文，也會這麼說的。

以前我譯過詩、小說、散文、論文，譯劇本這卻是第一次。當然小說裏也有對話，可說和劇本相通。不過小說人物的對話不必針鋒相對，更少妙語如珠。戲劇的靈魂全在對話，對話的靈魂全在簡明緊湊，入耳動心。諷世浪漫喜劇如這本《不可兒戲》，尤其如此。小說的對話是給人看的，看不懂可以再看一遍。戲劇的對話卻是給人聽的，聽不懂就過去了，沒有第二次的機會。我譯此書，不但是為中國的讀者，也為中國的觀眾和演員。所以這一次我的翻譯原則是：讀者順眼，觀眾入耳，演員上口。（其實觀眾該是聽眾，或者該叫觀聽眾。這一點，英文的說法是方便多了。）希望我的譯本是活生生的舞臺劇，不是死板板的書齋劇。

因此本書的譯筆和我譯其他文體時大異其趣。讀我譯詩的人，本身可能就是位詩人，或者是個小小學者。將來在臺下看這戲的，卻是大眾，至少是小眾了。我的譯文必須調整到適度的口語化，聽起來才像話。同樣的字眼，尤其是名詞，更尤其是抽象名詞，就必須譯得響亮易懂，否則臺下人聽了無趣，臺上人說來無光。例如下面這一段：

Gwendolen: Ernest has a strong upright nature. He is the very soul of truth and honour. Disloyalty would be as impossible to him as deception.

抽象名詞這麼多，中文最難消化。末句如果譯成「不忠對於他將如騙欺一樣不可能」，臺上和臺下勢必都顯得有點愚蠢。我的譯文是「他絕對不會見異思遷，也不會做假騙人。」千萬不要小看中文裏四字詞組或四字成語的用處。在新詩和散文裏，它也許不宜多用，但在一般人的口頭或演員的臺詞裏，卻聽來響亮而穩當，入耳便化。

Lady Bracknell: Sit down immediately. Hesitation of any kind is a sign of mental decay in the young, of physical weakness in the old.

第二句的抽象名詞也不少。尤其句首的一詞，如果譯成二字詞組「猶豫」或

「遲疑」，都會顯得突兀不穩。我是這樣譯的：「猶豫不決，無論是什麼姿態，都顯示青年人的智力衰退，老年人的體力虛弱。」

遇見長句時，譯者要解決的難題，往往首在句法，而後才是詞語。對付繁複長句之道，不一而足，有時需要拆開重拼，有時需要首尾易位。一般譯者只知順譯（即依照原文次序），而不知逆譯才像中文，才有力。

> Lady Bracknell: I should be much obliged if you would ask Mr. Bunbury, from me, to be kind enough not to have a relapse on Saturday, for I rely on you to arrange my music for me.

這種句法順譯不得。我便拆而復裝，成為「要是你能替我求梁勉仁先生做做好事，別盡挑禮拜六來發病，我就感激不盡了，因為我還指望你為我安排音樂節目呢。」

Miss Prism: I do not think that even I could produce any effect on a character that according to his own brother's admission is irretrievably weak and vacillating. I am not in favor of this modern mania for turning bad people into good people at a moment's notice.

兩個長句，或因副屬子句尾大難掉，或因介系詞片語一層層相套，都不宜順譯。我的譯文是：「他自己的哥哥都承認他性格懦弱，意志動搖，到了不可救藥的地步；對這種人，我看連我也起不了什麼作用。一聲通知，就要把壞蛋變成好人，現代人的這種狂熱我也不贊成。」看得出，兩句都是逆譯了。還請注意，兩句譯文都以動詞結尾，正說明了在不少情況下，英文句子可以拖一條受詞的長尾巴，中文就拖不動。所以我往往先解決複雜迤長的受詞，再施以回馬一槍。

其他的難題形形色色，有的可以克服，有的可以半懸半決，有的只好放棄。例如典故，此劇用典不多，我一律把它通俗化了，免得中國觀眾莫名其妙。像 Gorgon 就譯成「母夜叉」；It is rather Quixotic of you 就譯成「你真是天真爛漫」。如果譯詩，我大概會保留原文的專有名詞。最好笑的一句是電鈴忽響，亞吉能說：「啊！這一定是歐姨媽。只有親戚或者債主上門，才會把電鈴撳得這麼驚天動地。」後面一句本來是 Only relatives, or creditors, ever ring in that Wagnerian manner. 我個人是覺得好笑極了。因為這時華格納剛死不久，又是蕭伯納一再鼓吹的歌劇大師，以氣魄見長。可惜這典故懂的人固然一聽到就好笑，不懂的人一定更多。

雙聲是另一個問題。拜倫〈哀希臘〉之 the hero's harp, the lover's lute，胡適譯為「英雄瑟與美人琴」，音調很暢，但不能保留雙聲。雙聲與雙關，是譯者的一雙絕望。有時或可乞援於代用品。例如 I hear her hair has turned quite gold from grief. 最後三字是從 grey from grief 變來的，妙在雙聲之格未破。我譯成「聽說她的頭髮因為傷心變色像黃金。」雙聲變做疊韻，算是妥協。

最難纏的當然是文字遊戲，尤其是一語雙關，偏偏王爾德又最擅此道。在本書中，有不少這樣的「趣剋」（trick）都給我應付了過去。有時候實在走不通，只好變通繞道，當然那「趣剋」也變質了。例如下面的對話：

Jack: Well, that is no business of yours.

Algernon: If it was my business, I wouldn't talk about it. It is very vulgar to talk about one's business. Only people like stockbrokers do that, and then merely at dinner parties.

這不能算是王爾德最精采的臺詞，可是其中 business 一字造成的雙關「趣剋」卻成了譯者的剋星。我只好繞道躲它，把 stockbroker 改成「政客」，成了「要是跟我有關係，我才不講呢。講關係最俗氣了。只有政客那種人才講關係，而且只在飯桌上講。」

有時候變通變出來的新「趣剋」，另有一番勝境，想王爾德看了也不免一笑。例如勞小姐勸蔡牧師結婚，有這樣的妙語：

Miss Prism: You should get married. A misanthrope I can understand
— a womanthrope, never!

勞小姐咬文嚼字，把 misogynist（憎恨女人者）誤成了 womanthrope，但妙在和前文的 misanthrope 同一格式，雖然不通，卻很難纏。如果我不接受挑戰，只譯成「一個厭世者我可以了解——一個厭女者，絕不！」當然沒有大錯，可是聽眾不懂之外，還漏掉了那半通不通的怪字。最後我是這樣變通的：「一個人恨人類而要獨善其身，我可以了解——一個人恨女人而要獨抱其身，就完全莫名其妙！」

王爾德用人名也每有深意。主角傑克原名 Ernest，當然是和 earnest 雙關，我也用諧音的「任真」。「梁勉仁」當然是影射「兩面人」。勞小姐原文為 Miss Prism，取其音近 prim（古板）。我改為「勞」，暗寓「牢守西西麗」之意，因為它音近 prison，何況她也真是「老小姐」呀。

最後要交代的是：《不可兒戲》寫成於一八九四年，首演於一八九五年，出版於一八九九年；一九五二年曾拍電影。王爾德的初稿把背景設在十八世紀，不但情節更為複雜，而且還比今日的版本多出整整一幕來。終於他聽從了演出人兼演員喬治・亞歷山大的勸告，把初稿刪節成今日的三幕，於是整齣戲才暢活起來。可見即使才高八斗，也需要精益求精，才能修成正果。

不過王爾德畢竟是天才。當日他寫此劇，是利用與家人去華興（書中提到的海邊小鎮）渡假的空暇，只花了三星期就完成的。我從今年二月初譯到三月中，花了一倍的時間。王爾德的妙語警句終於捧到中國讀者和觀眾的面前，了卻了我十幾年來的一樁心願。

俏皮如王爾德，讀了我的譯本，一定忍不住會說：So you have presented me in a new version of Sinicism? It never occurred to me I could be made so Sinical. 蕭條異代不同時。只可惜，他再也聽不到自己從沒講過的這句妙語了。

一九八三年清明節黃昏

王爾德的幽靈若在左右

余光中作品集 18
不可兒戲
The Importance of Being Earnest

作者　王爾德（Oscar Wilde）
譯者　余光中
責任編輯　陳逸華
創辦人　蔡文甫
發行人　蔡澤玉
出版發行　九歌出版社有限公司
臺北市105八德路3段12巷57弄40號
電話／02-25776564・傳真／02-25789205
郵政劃撥／0112295-1
九歌文學網　www.chiuko.com.tw
印刷　晨捷印製股份有限公司
法律顧問　龍躍天律師・蕭雄淋律師・董安丹律師
初版　2012（民國101）年5月
增訂新版　2013（民國102）年10月
（本書曾於1983年8月由大地出版社印行）
定價　**250元**

書號　0110218
ISBN　978-957-444-909-5
（缺頁、破損或裝訂錯誤，請寄回本公司更換）

國家圖書館出版品預行編目資料

不可兒戲／王爾德著；余光中譯. -- 增訂新版.
-- 臺北市：九歌，民102.10
面；　　公分. --（余光中作品集；18）
譯自：The Importance of Being Earnest
ISBN　978-957-444-909-5（平裝）

873.55　　102018700